Dorothea Neukirchen

Von Liebe
und anderen
Abschieden

15 Geschichten, die jeder kennt, so aber noch nie gelesen hat.

Dorothea Neukirchen erzählt leicht, ironisch und mit Tiefe von flüchtigen und bleibenden Begegnungen, von Flirt, Betrug, Dreiecks- und Ehegeschichten, von kleinen und großen Abschieden.

Für Liebhaber melancholischer Unterhaltung

Dorothea Neukirchen

Fünfzehn Geschichten

Von Liebe
und anderen
Abschieden

1. Auflage 2015
2. Auflage 2023
film&edition
ISBN: 9783756856503
Herstellung und Verlag: BoD – Books on Demand, Norderstedt
Layout: Felix Rist
Titelfoto: Dorothea Neukirchen
Autorinnenfoto: Heike Steinweg
Die Kurzgeschichten „Fortschritt" und „Brügge sehen" sind
vorab in der Anthologie „Ein Stück von meinem Weg" im
Verlag Gam-Y erschienen.

Inhalt

Der Designeranzug.................................... 7

Ein Tanz...13

Die Geschichte von Mitzi 22

Blendende Aussichten 24

Urlaub 39

Brügge sehen und... 52

Helenes Abschied.................................... 60

Erfolg 66

Waltraud und die Resilienz............................ 72

Holzwürmer.. 79

Der Elefant.. 89

Denk mal 96

Fortschritt 106

Flirt 115

Betrug 128

Der Designeranzug

Es war Frühling. Sie hatten ein Ferienhaus gemietet, über Ostern, am Gardasee. Barbara war mit Kind und Auto vorweg gefahren. Tobias kam von einer Tagung. Er strahlte, stieg beschwingt aus dem Zug, lief auf sie zu. Sein Gepäck landete achtlos auf dem Bahnsteig, damit er alle beide auf einmal umarmen konnte. Der erste Kuss galt ihr. Dann wurde Evchen herumgewirbelt.

„Oh, du hast eingekauft", sagt Barbara mit Blick auf eine edel gelackte Papiertüte.

„Ja! Ich habe mir einen Anzug gekauft."

Seine Augen leuchten.

„In Mailand gibt es fantastische Läden."

„Einen Anzug, Du?" fragt sie ungläubig und guckt in die Tüte.

Sie findet eine knallbunte Papageienkrawatte, schwenkt sie durch die Luft und macht Vogeltöne dazu. Er schnappt ihr den Schlips weg, rollt ihn auf.

„Das ist eine Designerkrawatte. Du musst sie angezogen sehen, zusammen mit dem Anzug."

Ja, den Anzug hat Barbara auch gesehen. Pfeffer und Salz. Banker-Klamotten nennen sie so etwas normalerweise. Und das will ihr Jeansmann plötzlich freiwillig anziehen?

Aber was soll es. Die Sonne scheint. Verona lockt.

Sie parken am Rande der Altstadt, schlendern durch die Frühlingsluft, finden den Balkon von Romeo und Julia. Evchen wird hochgehoben, darf etwas auf die Wand kritzeln, da wo noch Platz ist zwischen den vielen Kaugummis. Später jagt Evchen Tauben, und die Eltern trinken Espresso. Ein Foto hält den glücklichen Moment fest.

Auf dem Rückweg werden noch Windeln gekauft und Olivenöl. Barbara bleibt vor einem üppigen Blumentopf stehen.

„Margeriten, das ist für mich der Inbegriff von Frühling."

Sie streicht bewundernd mit der Hand über die blühenden Köpfe.

„Schade, dass wir nur eine Woche hier sind, sonst könnte ich nicht widerstehen."

„Eine Woche ist eine Woche."

Tobias verschwindet im Laden. Sie sieht ihm nach, liebt ihn für seine Bedenkenlosigkeit. Doch dann wird sie abgelenkt. Evchen hat einen Schatz gefunden, ein kaputtes Windrad, direkt neben einem Hundehaufen. Barbara entreißt ihr das bunte Ding, kurz bevor es den Mund erreicht, der es testen will. Und nun springen Tränchen aus den Kinderaugen. Eine untröstliche Eve schreit, bis sie mit geübtem Griff hochgehievt wird auf die Schultern des Vaterpferdes.

Eine Runde Galopp und schon quietscht sie vor Vergnügen.

Auf geht es zum Parkplatz. Tobias trägt das Kind, packt Öl, Wein und Windelpaket mit der freien Hand. Barbara umfaßt mit beiden Armen den Margeritentopf. Stolz trägt sie ihr Frühlingsbaby hinter den beiden her. Kann die Welt schöner sein?

Am Auto müssen sie umpacken. Windelpaket und Blume sind sperrig. Erst einmal alles raus, dann neu sortiert wieder rein in den Wagen.

Evchen ist angeschnallt. Es kann losgehen.

Eine Treppe führt zur Ferienwohnung. Babara geht mit Kind und Margeritentopf schon mal nach oben.

„Wo ist denn die Tüte?" fragt er, als sie auf halbem Weg ist.

„Welche Tüte?"

„Die Mailandtüte."

„Na wo schon, im Kofferraum."

„Da ist sie nicht!"

„Dann vielleicht hinter dem Vordersitz."

„Nichts! - Jetzt guck du doch mal!"

Der Panik-Ton in seiner Stimme lässt sie umkehren.

Aber auch sie findet keine Tüte mit Designeranzug und Papageienkrawatte.

„Hm."

Sie macht ein betretenes Gesicht.

„Wahrscheinlich habe ich sie beim Umpacken neben dem Auto abgestellt."

„Und da ist sie noch?!"

Seine Stimme bekommt einen bedrohlichen Unterton.

„Na ja, also... wahrscheinlich ist sie da nicht mehr. Wenn ich sie wirklich stehen gelassen habe, dann ist sie jetzt wohl eher nicht mehr da. Die Tüte sah ja gut aus. Sie hat bestimmt einen Liebhaber gefunden. Vielleicht freut sich jetzt jemand über einen neuen Anzug."

Sie muss grinsen. Das macht ihn vollends wütend.

„Das ist ein Designeranzug! Weißt du eigentlich, was der gekostet hat?"

„Er paßte sowieso nicht zu Dir."

„Wie willst du das beurteilen, du hast ihn doch gar nicht gesehen!"

„Pfeffer und Salz, ich bitte dich, und dann die Krawatte!"

Statt schuldbewußt zu reagieren, steigert sie sich in einen Lachkoller.

Jahre später. Das Windelkind ist längst selber Mutter. Und Barbara, geschieden, hat, wie in jedem Frühling einen großen Topf mit Margeriten gekauft. Eine neue Freundin kommt zu Besuch und bewundert den prächtigen Busch vor der Eingangstüre. Da erzählt Barbara, wie schon so oft, die Anekdote von den

Margeriten und dem Designeranzug. Die ist immer für einen Lacher gut.

Aber die neue Freundin lacht nicht. Sie legt den Kopf schief und meint:

„Vielleicht hat er den Anzug mit einer anderen Frau gekauft."

Barbara starrt sie an.

„Ich meine nur, weil du gesagt hast, er kam dir so fremd vor. - So hast du ihn eben nicht gekannt."

Barbara ist verblüfft. Der Gedanke ist ihr noch nie gekommen. Unmöglich ist es nicht. Ein Kongreß, attraktive Kolleginnen... Tobias ist gerne mal fremd gegangen. Aber das war doch erst viel später, dachte sie immer. Nun hat sie beim Kaffee eingießen ein Fußbad gemacht.

„Entschuldige, wie dumm von mir. Warte, ich hol Dir eine frische Untertasse."

„Kein Problem, schon gerettet."

Die Freundin hat die kleine Pfütze mit der Papierserviette trocken gelegt.

„Nimmst du Milch oder Sahne zum Kaffee?"

„Schwarz."

Schwarz. Einen kurzen, verrückten Moment lang hat Barbara die Idee, die neue Freundin könnte die Frau gewesen sein, mit der ihr Mann damals versuchte, sich neu zu erfinden. Wie sonst sollte sie auf so eine Idee kommen?

Aber dann sieht die Freundin sie mit einem feinen Lächeln an und sagt:

„Mein Mann war auch viel unterwegs."

Sie trinkt einen Schluck, streicht das Tischtuch glatt und setzt die Kaffeetasse sorgfältig ab.

„Ich habe es vorgezogen, nicht nachzufragen. Ich hatte ja den Garten und die Kinder."

Ein Tanz

Christine ist allein zu der Party gekommen, eine trotzige Jetzt-gerade-Reaktion.

Sie bleibt im Türrahmen stehen und lässt den Blick schweifen. Etwas abseits, halb mit dem Rücken zu ihr eine zarte Gestalt. Irgend etwas rührt sie an, vielleicht die Stille um ihn, vielleicht die dunkle Locke, die ihm in die Stirne fällt.

Als hätte er ihren Blick gespürt, streicht er das Haar nun beiseite, wendet langsam den Kopf und sieht sie an, bis sie sich entzieht. So beginnt der Tanz dieses Abends. Es wird ein lockeres Schweifen durch alle Räume, ein Exerzitium in Leichtigkeit. Dieses Loslassen, dieses uneingestandene Suchen, und bei jedem Wiederfinden ein kaum merkliches Blitzen im Augenwinkel. Jederzeit noch zu leugnen, als zufällig abzustreiten, doch genug, um beschwingter weiterzugehen, der nächsten Drehung des Tanzes gewiss.

Sein Blick bereitet ihr die Bühne, auf der sie lacht und Konversation betreibt. Sie lässt sich in einen Small Talk fallen mit Bekannten, die ihr gleichgültig sind. Nur sie und der Mann, den sie nicht kennt, wissen, dass alles ein Vorwand ist für das stumme Spiel zwischen ihr und ihm.

Im ersten Stock spielt jemand Klavier. Sie folgt den melancholischen Klängen, lässt sich in die Kissen eines riesigen Sessels fallen. Die Verzweiflung, vor der sie davon gelaufen ist, gewinnt eine Schönheit im matten Glanz der Töne. Sie schließt die Augen, lässt sich davontragen von der Musik. Gleichzeitig schiebt sie einen Arm unter den Kopf, bringt ihn in eine attraktivere Position, für den Fall, das er ihr gefolgt ist. Sie lugt durch die Wimpern – und richtig, er sieht sie an, durch die geöffnete Tür, aus dem Nebenraum. Sein Lächeln schlägt eine Brücke über sieben Metern Entfernung. Sie lächelt zurück und lässt seinen Blick einsickern, tief in sich hinein, zusammen mit den Tönen der Musik, als sie nun ihre Augen wieder schließt, scheinmüde.

Aber jetzt, da sie weiß, dass er sie beobachtet, kommt ihr die halb liegende Stellung zu intim vor. Was eben noch lässig war, ist mit einem Mal sonderbar unangenehm. Die Musik kommt ihr zu Hilfe, wird dynamischer, eilt dem Schlussakkord zu. Da ergibt sich das Aufstehen wie von alleine. Und plötzlich gehen sie nebeneinander. Er hat das Gespräch eröffnet, als sei es die natürliche Fortsetzung eines langen Dialogs.

Doch dann drängt Christines Freundin sich dazwischen, ohne ihn wahrzunehmen.

„Hier bist du! Ich hab dich schon gesucht. Rate mal, wen ich mitgebracht habe, das rätst du nie, Marli ist in Köln! - Ja, wo ist sie denn jetzt?

Eben war sie noch hier. Komm, wir holen uns ein Glas Wein und dann klönen wir in Ruhe."

Er scheint seine Zaungastrolle zu goutieren. Christine lächelt ihm entschuldigend zu und lässt sich wegziehen. Als sie sich noch einmal umdreht, ist er verschwunden. Da spürt sie seine Nicht-Anwesenheit wie eine dunkle Wolke, die das Licht verschluckt hat.

Später begibt sich Christine wieder auf die Suche. Er steht in einer Gruppe mit anderen, nimmt sie sofort wahr und spielt das Gespräch in ihre Richtung, so dass sie sich einklinken kann, mühelos.

Doch unter den geläufigen Worten zerbricht die Intimität. In der Nähe tut sich eine plötzliche Entfernung auf. Da gilt es eine neue Brücke zu bauen, diesmal mit den Bausteinen handlicher Konversation. Die Verbindung zum Gastgeber wird abgeklopft, dann der allseits beliebte Städtevergleich gespielt. Städte und Häuser sind ein unverfängliches Thema, da läßt sich mancherlei erfahren, ohne plump neugierig zu wirken. Über London, Paris und Wien landen sie bei Hamburg und Köln. Das scheinen ihre Städte zu sein.

Irgendwann hat sich die Gruppe aufgelöst.

Christine hat es nicht gleich gemerkt. Erst als sie und der Mann alleine übrig geblieben sind, wird es ihr bewusst. Oben wird nun getanzt. Er fragt sie, ob sie auch tanzen mag.

Es ist eine Überraschung, wie ihre Bewegungen ineinander fließen. Ein Vergnügen, das sie sich gegenseitig bestätigen, mit vorsichtigen Worten und mit unvorsichtigen Blicken.

In den Musikpausen gehen sie auf Distanz, so als gelte es, das Gesetz einer Balance zu beachten, als gelte es, dieses unerhörte Aufeinander-bezogen- Sein zu neutralisieren. Ihre Körper verstehen sich auf eine Weise, die bestritten werden muß.

Die Neugier, mehr vom anderen zu erfahren weicht in den Tanzpausen einer unbestimmten Angst. Die Wirklichkeit dieses Abends kann und soll nicht die Wirklichkeit sein.

Christine entschuldigt sich. Als sie ihr erhitztes Gesicht im Toilettenspiegel sieht, überlegt sie, ob dieser Mann ihr bereits so wichtig ist, dass Sie ihm nicht zumuten möchte, dass es ihr gar nicht um ihn ginge, sondern um die Rache an dem, der sie zu dieser Stunde mit einer anderen betrügt.

Als sie zurückkommt, tanzt der immer noch Namenlose mit der flirrenden Marli. Christines Herz krampft sich zusammen bei dem Anblick. Aber wie kann sie denn eifersüchtig sein? Das ist nicht nur

lächerlich, das ist unerlaubt. Christine schimpft mit sich. Sie ist ja gar nicht frei, nur unglücklich. Am besten, sie verlässt die Party unauffällig. Doch da holt er sie ein, möchte noch einen letzten Tanz.
In dem lodert dann alles Ungesagte auf, eine Lebensgier, wild, und dann wieder melancholisch sanft. Vielleicht ist es das, was sie zueinander zieht, eine verzweifelte Trauer unter der zur Schau getragenen Leichtigkeit.

Am Ende verabschiedet er sich, sagt, es tue ihm leid, aber er müsse gehen. Er sagt es so oft, dass sie ihm glaubt. Er hat einen Logiergast mitgebracht zur Party, eine ausländische Freundin, die will schon seit einer Stunde nach Hause. Er fühlt sich verantwortlich für sie. Er macht sie miteinander bekannt.
Er sagt den Namen der ausländischen Freundin. Dann sieht er Christine fragend an, als er ihren Namen sagen müßte, den er so wenig weiß wie sie seinen. Da stellt Christine sich vor und wechselt ein paar englische Höflichkeitsfloskeln mit der Fremden.
Sie wundert sich, wo diese dickliche, unauffällige Frau den ganzen Abend über gesteckt hat.

Egal.

Als er gegangen ist, hat die Party ihren Sinn verloren. Nach ein paar Anstandsminuten zieht auch Christine ihren Mantel an. Sie öffnet die Haustür und ist überrascht. Er steht noch da mit seinem Gast.

Sie sehen sich an wie ertappt.

Aber dann besinnen sie sich aufs Gewöhnliche. Sie wissen, wie man sich über Tiefen hinwegredet ins Unverfängliche. Das Taxi sei nicht gekommen, erklärt er. Und Christine bietet an, die beiden in ihrem Auto mitzunehmen.

Es stellt sich heraus, dass Lothar im benachbarten Viertel wohnt. Ihre Kinder gehen auf dieselbe Schule. Wie hatte Christine nur annehmen können, dass er kein verheirateter Mann ist. Schließlich ist sie auch eine verheiratete Frau. Es gibt ein gemeinsames Umfeld.

Nun, wo man sich kennt, wird man sich wahrscheinlich begegnen, in der Schule, auf dem Markt, bei einer anderen Party, mit Ehepartnern.

Christine fühlt sich auf eine unerklärliche Weise enttäuscht.

Vielleicht geht es ihm ähnlich. Jedenfalls erwähnt er wie nebenbei noch einmal das Lokal in Hamburg, das sie beide kennen. Er ist wegen eines Lehrauftrags regelmäßig dort. Möglich, dass Christine demnächst auch wieder beruflich nach Hamburg muss.

Sie sind angekommen. Er wohnt in einem Gründerzeithaus. Nur in zwei Fenstern brennt noch Licht. Er verspricht, ihr das Buch zu schicken, über das sie geredet haben.

Christine denkt oft an den Abend. Sie holt die Erinnerung hervor und streichelt sie wie ein kostbares Stück Samt. Vor Jahren hat sie einmal so einen ganz besonderen Stoff in Venedig gekauft. Sie hat sich nie entschließen können, ein Kleid daraus zu machen.

Wider Erwarten begegnen sie sich nicht, weder auf dem Schulfest, noch auf dem Markt.

Nach drei Monaten kommt das versprochene Buch.

Er hat es in Hamburg abgeschickt, mit der Telefonnummer seines Büros. Christine versteckt das Buch vor ihrem Mann und legt den Zettel mit der Telefonnummer in ihr Portemonnaie. Einmal hat sie den Hörer schon in der Hand, tippt die ersten Ziffern ein, legt wieder auf.

Ein halbes Jahr später ist Christine zu einer Dinner-Party in Hamburg eingeladen. Das allgemeine Gespräch streift den Arbeitsbereich von Lothar. Da fragt sie, ob ihn jemand kennt. Ja natürlich, wie nicht, man schätzt ihn, man... Ein verlegenes Schweigen macht sich breit. Die Heiterkeit ist verflogen, das Konversationsboot auf eine unsichtbare Sandbank aufgelaufen.

Dann tröpfeln die Informationen. Einer hat letzte Woche noch mit ihm telefoniert, beziehungsweise mit seiner Frau, in Boston. Während Christine sich noch wundert, was er in Amerika macht, dringen Worte an ihr Ohr, die sie nicht hören will: Voruntersuchungen, Knochenmarktransplantation, Leukämie... Der Rest des Satzes verschwimmt. Ihre Hand sinkt, das Glas landet auf einem Messer. Es kippt. Wein ergießt sich, weckt sie aus ihrer Starre.

„Entschuldigung, tut mir so leid, sorry."

Sie springt auf, tupft roten Wein vom weißen Tischtuch. Die Serviette verfärbt sich.

Vier Wochen später, längst ist sie wieder zu Hause, liest sie die Zeitung, wie beinahe jeden Morgen. Wie üblich, will sie die Todesanzeigen überblättern, da springt sein Name sie an.

Er ist gestorben. Vor zehn Tagen schon, noch in Amerika. Es gibt mehrere Anzeigen. Er war beliebt. Von einem, der mehr schenkte, als er sich nahm, ist die Rede.

„Denkst Du an heute Abend?" Christine schlägt hastig die Zeitung zu, als ihr Mann in die Küche kommt. Doch was er nicht sehen soll, sieht er immer. Er kommentiert es.

„Du liest Todesanzeigen? Soll ja gut sein gegen depressive Anwandlungen. - Also, viertel vor sieben, ich warte an der Ecke, dann brauchst du nicht extra zu parken."

Damit ist er aus der Wohnung.

Christine hört seine Schritte auf der Treppe. Die Haustüre wird geöffnet, fällt ins Schloss. Stille bis auf das Verkehrsgeräusch, das durch die geschlossenen Fenster dringt. Von Ferne ein Martinshorn. Christine holt eine Schere.

Sorgfältig schneidet sie die Anzeigen aus. Dann holt sie sein Buch, das nun zum Vermächtnis geworden ist. Sie faltet die Todesanzeigen und birgt sie zwischen den Seiten. Dann trägt sie das Buch zurück zu seinem Versteck.

Ihr Finger streicht über den schmalen Rücken.

Die Geschichte von Mitzi

Es begann in den fünfziger Jahren. Mitzi war die Geliebte von Franz.

Er, ein Gewinner, ein Platzhirsch, angesehener Bürger mit Villa, Ehefrau, zwei Kindern und

– nun ja, einer Geliebten.

Er war der Mann ihres Lebens.

„Du bist die Frau meines Lebens" sagte er und ging heim zu den Kindern.

Die Kinder wurden groß.

„Rede mit deiner Frau" verlangte Mitzi.

„Und?" wollte Mitzi wissen, als er das nächste Mal zu ihr kam.

Er hob die Hände, eine müde Abwehrgeste.

„Dann rede ich mit ihr."

Mitzi klingelte.

Die Ehefrau wußte von ihr und bat sie ins Haus.

Beide wußten voneinander, dass sie seit Jahren über denselben Mann verbunden waren. Deshalb hielt Mitzi sich nicht mit dem Sie auf.

„Also" sagte sie, „Du willst dich nicht scheiden lassen. Du willst deine gesellschaftliche Stellung behalten. Das kann ich verstehen. - Ich hab ihn im Bett. Sowieso." Sie lächelte.

„Nur damit das klar ist, ich muss ihn nicht heiraten,

meine Reputation ist eh dahin. Aber ich brauche eine Absicherung. Deshalb mache ich Dir einen Vorschlag: Du kannst ihn behalten für die gesellschaftlichen Auftritte. Dafür bekomme ich einen anständigen Grundstock für mein eigenes Leben."

Die beiden Frauen setzten einen Vertrag auf und gingen gemeinsam zum Notar.

Es war Mitzis erster Vertrag und der Beginn ihres Lebens als selbständige Geschäftsfrau.

Mittlerweile ist Mitzi zweiundneunzig. Der Geliebte ist lange tot und spielt keine Rolle mehr. Mitzi aber sorgt wieder für ihre Sicherheit. Sie schließt einen letzten Vertrag, diesmal mit ihrer Bank und mit dem Ziel, sich selber zu überlisten. Sie hat gemerkt, dass ihr Gehirn nicht mehr zuverlässig funktioniert. Deshalb legt sie fest, dass ihr niemals mehr als einhundert Euro auf einmal ausgezahlt werden dürfen.

Manchmal vergißt sie das. Dann macht sie einen Aufstand.

Sie beschimpft lautstark die Bankangestellten, bis sie höflich ins Hinterzimmer gebeten wird. Dort zeigt man ihr den Vertrag.

Sie bedankt sich, hoch zufrieden mit ihrer Vorsichtsmaßnahme.

Blendende Aussichten

Die perfekte Ehe. Der Wissenschaftler und seine Frau leben seit zwanzig Jahren zusammen. Konrad und Alissa haben sich an der Universität kennengelernt. Er war Assistent, sie Studentin. Rückblickend ist nicht auszumachen, was aus der Liebe geworden wäre ohne seine Krankheit, ohne diese Schicksalskomponente.
Was leicht und luftig begann, ein Segeln ins Offene schien, wurde gebremst. Seine Krankheit beschwerte wie ein vorzeitig ausgeworfener Anker, verlangsamte die jugendlich leichtsinnige Fahrt.

In dem Maße, in dem Konrads Sehkraft abnahm, wurde auch Alissa eingefangen, in die süße Schwere des Gebrauchtseins. Ihre Verliebtheit wandelte sich in das, was sie Liebe nannten, eine symbiotische Zweisamkeit. Seine Blindheit wurde ihr gemeinsames Schicksal, ließ keinen Raum, darüber nachzudenken, wo in der wundervollen Gemeinsamkeit der Interessen ihr Leben und seines sich unterschieden.
Da es Konrads beruflicher Aufstieg war, der bedroht schien durch die nachlassende Sehkraft, galt ihm das gemeinsame Interesse. Sie las ihm vor, redigierte seine Texte und merkte kaum, wie seine Arbeit den Platz ihrer Arbeit einnahm.

Sie war jung, im Vollbesitz ihrer Kräfte, da konnte sie leicht etwas abgeben. Er war es, der mit der sich ausbreitenden Blindheit kämpfte. Sein Selbstbewußtsein war es, das litt. So nahm sie sich zurück.

Jeder erwartete es von ihr - auch sie selber sah den modischen Anspruch auf Selbstverwirklichung außer Kraft gesetzt. An ihm festzuhalten, wäre ihr kleinlich, ja unmenschlich vorgekommen. Auch spürte sie eine tiefe Befriedigung darüber, dass sie der allgemeinen Unverbindlichkeit entrissen worden war. Sie war der Verantwortung enthoben, sich ein Schicksal zu schaffen. Sie hatte schon eins. Es war ihr in den Schoß gefallen. Dass die in gemeinsamer Diskussion entstandenen Gedanken und ihre Formulierungen unter seinem Namen publiziert wurden, war ein geringer Preis dafür. Seine Habilitation war auch ihr Sieg.

Natürlich war es seine Tapferkeit, die bewundert wurde. Sie lächelte und kochte Tee. Es schien nicht darauf anzukommen, dass irgend jemand wußte, was seine und was ihre Arbeit war. Ja, es gab Stunden, da konnte sie sich wie Rumpelstilzchen daran berauschen, dass niemand ihre wahre Bedeutung kannte.

Sie war die „Frau an seiner Seite", eine Funktion, die sie bei Politikergattinnen verachtete. Aber sie war keine Politikergattin.

Manchmal, wenn der Gedanke sie störte, dass die Rollenverteilung in ihrer Ehe sich so reibungslos einfügte in das jahrhundertealte Klischee von weiblich und männlich, dann sagte sie sich, dass ihr Mann dasselbe für sie getan hätte, wenn sie erblindet wäre. Die Kategorien männlich und weiblich konnten nicht greifen in ihrem Fall. Es war keine Frage, wer sie hätte werden können - ohne seine Blindheit.

Niemand, auch nicht Alissa selbst, konnte ausmachen, wie weit ihre eigene Kraft sie getragen hätte. Wozu? Sie lebten ein harmonisches Leben, eine gepflegt geruhsame Zweisamkeit, um die sie heimlich beneidet wurden von ihren Freunden, die sich mit der Eigenverantwortung für ihr Schicksal quälten, die mit ihren unbeschränkten Möglichkeiten doch nur aus einer Kalamität in die nächste drifteten.

Alissa und Konrad genossen ihr Selbstbild: Er, der mutig dem Schicksal Trotzende, sie, die selbstlos Heitere. Sie hatten sich komfortabel eingerichtet in der „Nacht des Schicksals" wie sie souverän zu scherzen pflegten.

In diese Idylle nun platzte der Fortschritt der Medizin und mit ihm eine Hoffnung, die das prekär erlangte Gleichgewicht auf das Empfindlichste stören sollte.

Die Möglichkeit, vielleicht doch wieder sehen zu können, wurde zur Herausforderung. Die Operation nicht anzustreben, schien willkürliches Festhalten an der Blindheit, schien ängstliche Feigheit, konnte nicht wirklich in Betracht gezogen werden. Der Entschluss zur Transplantation wurde gefaßt.

Die darauf folgende Zeit des Wartens wurde zur Zeit ihres höchsten Glücks - auch wenn sie es damals nicht wußten. Sie begriffen die Erwartung, die freudig getönte Unruhe nur als Vorspiel zu ihrem eigentlichen Glück, zu ihrem neuen Leben in einer Zweisamkeit, die bereichert sein würde um seine Sehkraft und um ihre dann endlich mögliche Eigenverwirklichung.

Ihre Vision ließ keinen Platz für Zweifel. Auch die Frage, wie denn die neuen Möglichkeiten aussehen könnten, welches die Träume waren, die dann endlich, mit langer Verspätung erfüllbar werden würden, wurde nicht gestellt.

Beider Kraft war ganz auf den Punkt hin versammelt, wo mit dem wiedererlangten Augenlicht die Welt sich öffnen würde. Das Hoffen auf den Operationstermin, das Bangen um das Gelingen des Eingriffs hatte ihre Seelen leergefegt. Alles Gefühl ging nach vorn. Und vorne war nichts als Licht.

Manchmal, wenn doch einer von beiden sich ängstlich über das Nachher äußerte, wurde das als Spiel begriffen, eine kleine Barriere Zweckpessimismus gegen die alles überlagernde Hoffnung, eine Vorbeugemaßnahme, um nach einem immerhin möglichen Scheitern der Operation in das alte Leben zurückzufinden.

Die wirkliche Angst kam unerwartet und spät.
Erst, nachdem alles überstanden war, die Operation als gelungen galt, erst, als es nichts mehr zu bangen und zu hoffen gab, erst in diesem plötzlichen Vakuum wurde Alissa von Angst überfallen.

Erst am Tag, bevor ihm die Binden von den Augen genommen werden sollten, da blickte sie in den Spiegel und fragte sich, wie es wohl werden würde, wenn er ihr Gesicht sieht, ihr Gesicht, das zwanzig Jahre gealtert ist und das er in seinem Kopf bewahrt hat als das jugendliche Gesicht von damals. In plötzlicher Panik will sie das Abnehmen des Verbands hinauszögern, trägt Bedenken vor, die der Arzt beruhigend weglächelt.
Und dann wird der Moment, vor dem sie soviel Angst hatte, zum Triumph. Das Licht nach der zwanzigjährigen Dunkelheit ist stark und wunderbar überstrahlend. Er weint vor Glück, als er sie sieht. Nie war seine Liebe so groß...
Sie hat ihm Mut gemacht. Sie hat ihm das zweite Leben geschenkt.

Die Schwierigkeiten kommen später. Sie schleichen sich an, kleine Schatten. Wieder und wieder bemerkt sie seine Irritation, wenn er versehentlich seine Augen öffnet, beim Liebe machen.

Sie sagt nichts. Sie glaubt, wenn sie nichts sagt, ist es nicht wahr. Doch dann, beim nachmittäglichen Tee trinken bricht es auf. Aus langer Gewohnheit rührt sie ihm einen Löffel Zucker in den Tee. Er nimmt ihr den Löffel aus der Hand, aggressiv, schaufelt eine zweite Portion Zucker in die Tasse. Sie kleidet ihre Mißbilligung in die scherzhafte Frage, ob seine sehenden Augen mehr Zucker brauchen?

Nein, er wollte schon immer zwei Löffel Zucker! Aber er konnte es nicht durchsetzen gegen ihr Gesundheitsdenken, abhängig wie er war.

Schockiert von seinem scharfen Ton verfällt sie ins Schweigen. Er sieht sie herausfordernd an. Da erwähnt sie mit leiser Stimme, was sie im Bett beobachtet hat. Ein Wort gibt das andere. Sie streiten, wie sie noch nie gestritten haben.

Dass er wieder sehen kann, das hatte sie gehofft. Dass ihn das Sehen zu einem anderen Menschen macht, damit hat sie nicht gerechnet. Sie hatte geglaubt, dass nur etwas dazukommt, etwas, das es vollkommener macht. Sie hat geglaubt, es wird wieder wie früher, wie zu Beginn ihrer Liebe, als er noch sehen konnte.

Das war naiv. Sie sind nicht mehr dieselben wie vor zwanzig Jahren. Sie sind nicht einmal mehr dieselben wie vor einem Monat, vor der Operation.

Das hätte ihr klar sein müssen, denkt Alissa. Aber was ihr nicht in den Kopf will: dass es schon wieder Konrad ist, der die Veränderung bestimmt. Sein Wieder-Sehen-Können hätte ihr mehr Freiheit geben sollen. Statt dessen sieht sie sich mehr denn je als Objekt seiner Turbulenzen. Wieder ist er es, der ihre Zuwendung braucht, wieder ist er es, der von neuen Erfahrungen gebeutelt wird. Und wieder ist sie die Gebende. Sie hat es über zwanzig Jahre eingeübt. Es ist zu ihrer zweiten Natur geworden.

Konrad ist rührend in seinem Erlebnishunger. Alles ist so neu für ihn. Natürlich braucht er da Hilfe. Es ist nur diese Übergangszeit, beschwichtigt sie sich und schiebt den Gedanken beiseite, dass sie in zwei Wochen dreiundvierzig wird.

Sie will nicht alt sein, bevor sie ihr Leben gelebt hat. Aber sie ist so erwachsen, dass sie Konrad vieles nachsieht: Seine Lebensgier, sein Entdeckertum. Wie sollte sie es nicht verstehen, wenn er nach zwanzig Jahren, in denen er keine Frauen sehen konnte, nun allem nachsieht, was jünger und hübscher ist als sie. Sie verleugnet den Stich, den es ihr jedesmal versetzt. Sie gibt sich großzügig. Und als es einmal nicht beim Flirten bleibt, da wirbt Konrad um ihr Verständnis.

Er habe die Bestätigung gebraucht. Es sei doch fantastisch, dass er, der langjährige Krüppel, noch in der Lage sei, eine Frau zu verführen. Das habe er sich beweisen müssen, das könne sie ihm doch nicht übelnehmen.

Sie nimmt es ihm nicht übel und verbietet sich zu spüren, wieviel Kraft es sie kostet, ihn nachholen zu lassen, was er versäumt hat. So viel Kraft, dass sie nicht dazu kommt, sich zu fragen, was sie denn selber versäumt hat in ihrem Leben. Sie wundert sich nur über ihre Müdigkeit, über diese unerklärliche Lähmung aller eigenen Triebe. Sie ist winterblaß in diesem schönsten aller Frühsommer. Sie meidet die Sonne, sitzt mit warmer Jacke im tiefsten Schatten. Die Zeitung neben ihr ungelesen, der Teller mit den Broten nicht angerührt. Sie kocht nicht mehr. In der Küche türmt sich Geschirr.

Konrad kaschiert seine Wut als Fürsorge. Er will, dass Alissa zum Arzt geht. Sie meint, es gehe ihr gut und lächelt ins Leere. Er macht einen Termin für sie aus. Sie bleibt sitzen, als der Taxifahrer kommt, um sie abzuholen. Sie weigert sich. Sie braucht keinen Arzt.

Da zeigt er sich reuig, sagt, dass er nur sie liebe und bietet ihr eine Reise an. Er legt ihr die Welt zu Füssen. Sie darf sich aussuchen, wo sie hin will. Nur - sie will nirgendwohin. Sie will zu sich. Aber sie weiß nicht, wo das ist. Wie soll sie das erklären?

Er nimmt ihr Schweigen als Auftrag, für sie zu denken und einen Reiseplan zu entwerfen. Sein Eifer rührt sie. Vielleicht hat er recht, denkt sie, ein Ortswechsel wird gut tun. Er merkt die Ratlosigkeit unter ihrer Zustimmung.

„Wenn du keine Lust hast, zu verreisen, dann sag es. Ich will dich nicht überreden zu etwas, was du nicht willst."

„Nein", sagt sie, „mach nur. Vielleicht bringt die Fremde uns wieder zusammen."

Doch auch in der Fremde sind sie nicht mehr dieselben wie früher.

Jetzt ist Konrad der Entdecker. Sein Mitteilungsdrang über das, was er sieht, ist überquellend. Begeistert teilt er ihr tausendfach mit, was er sieht, beschreibt es mit einer Besessenheit, als sei nun sie die Blinde. Alissa bringt es nicht übers Herz, seinen Überschwang zu dämpfen. Aber sie fühlt sich betrogen um die eigene Wahrnehmung.

Früher war sie es, die ausgewählt hat. Früher erlaubte sie ihrem Blick ein sanftes Schweifen, bevor sie ihn festmachte an etwas, das sie Konrad näher beschreiben wollte. Sie hatte die Welt erlebt im Hinblick auf das, was ihr zuträglich erschien für ihren Mann. Sie hatte ihn geschont, hatte die lauten Oberflächeneffekte ausgelassen und Dinge hervorgehoben, von denen sie wusste, dass sie seine Gedanken beflügeln würden. Über die konnten sie dann gemeinsam reden.

Jetzt, wo er selber sieht, lässt er sich verführen von allem, was so überwältigend sichtbar ist. Er geht auf in der Oberfläche. Und er will, dass Alissa auf seine Beobachtungen reagiert, so wie er früher auf ihre.

Auf diesen Rollentausch ist Alissa nicht vorbereitet. Allem, was er so rasch und wahllos benennt, muss sie ihre Aufmerksamkeit schenken. Sein Blick stülpt sich über ihren. Sie taumelt. Sie kommt sich vor wie auf einem Karussell, das außer Kontrolle geraten ist. Mit der eignen Sicht kommt sie sich selbst abhanden. Sie schützt Kopfschmerzen vor, Magenverstimmungen, um ins Alleinsein zu fliehen, ins dunkle Hotelzimmer.

Konrad kennt seine Frau nicht wieder. Immer sei sie so tapfer gewesen und nun diese neue Wehleidigkeit. Ausgerechnet jetzt, wo es so schön sei, müsse sie alles verderben. Da führt sie die Wechseljahre ins Feld. Es sei unerwartet früh, aber das komme vor. Selbst ihre Auseinandersetzung ist nur noch ein matter Abklatsch früherer Gefechte und die nachfolgende Versöhnung im Bett wird als Pflicht absolviert.

Den Ausflug zur Insel unternimmt Konrad allein.

„Leider", betont er und streicht ihr übers Haar. Alissa bedauert, dass eine neue Migräneattacke sie hindert, ihn zu begleiten.

Er schließt die Zimmertür rücksichtsvoll. Dann aber verrät ein beschleunigter Schritt seine Erleichterung. Und Alissa ist, als gleite mit der Aussicht auf einen Tag ohne ihn ein Gewicht von ihrer Schulter.

Sie tritt auf den Balkon, um ihm nachzuwinken. In ihrer Geste angedeutetes Leiden, obwohl sie sich plötzlich ganz leicht fühlt. Auch Konrad legt Bedauern in seine Miene, als er sich umsieht. So als sei es ihr noch auf hundert Meter Entfernung möglich, seinen Gesichtsausdruck zu kontrollieren.

Alissa tritt zurück ins Dunkel des Zimmers. Vielleicht wird sie heimlich nach draußen gehen, wenn er weg ist, denkt sie. Er glaubt sie verschwunden und erlaubt sich die Vorfreude auf den ehefreien Tag, flankt wie ein Junge über die Absperrung auf dem Ponton.

Sie sieht ihn. Sanfte Bitterkeit überkommt sie angesichts seiner demonstrativen Jugendlichkeit. Und die Kopfschmerzen, die sich bei seinem Weggang auf wundersame Weise gelichtet hatten, kehren mit Macht zurück.

Die gehaßte und doch so verführerische Lähmung überkommt sie aufs Neue. Die Lüge ihres Unwohlseins legt sich als Spinnwebe über sie, als wolle sie Alissa zwingen, Wahrheit daraus zu machen.

Sie zieht den Vorhang vors Licht. Nur ein Spalt bleibt. Den erlaubt sie sich und den Ausschnitt Tapetenmuster, den er beleuchtet. Sie verfolgt die bedeutungslosen Linien, bis ihnen das bittersüße Gefühl entströmt, das sie als Mädchen hatte, wenn es kalt war und die Mutter vergessen hatte, ihr Handschuhe mitzugeben. Natürlich war sie es, die fror. Aber dass ihre Mutter schuld daran war, das war ihre heimliche Rache.

Und dann kommt Alissa das Filmmuseum in den Sinn. Sie hatten es in Brüssel besucht. Alissa war sich vorgekommen wie eine Mutter, die mit gutmütig gelangweiltem Neid beobachtet, wie ihr Kind die Welt entdeckt. Konrad berauschte sich geradezu an diesen Jahrmarkts-Cinematographen, an den Daumenkinos und Spiegel-Karussells.
Sie hatte sich den Texttafeln zugewandt und erfahren, welche Bewandtnis es mit der Wachsfigur am Eingang hatte. Der Erfinder des Films, so lernte sie, wurde blind. Er hatte, mit dem Licht experimentierend, zu lange in die Sonne gestarrt. War es ein Unfall? War es Absicht? Das hätte sie gerne mit Konrad erörtert. Früher wäre das ein Thema für sie gewesen - früher. Jetzt wollte er von Blindheit nichts mehr wissen. Er zog sie zum Prisma und wollte, dass sie bewunderte, wie es farbloses Licht in Regenbogenfarben zerlegen

konnte. Doch derlei Wunder waren ihr schon im Physikunterricht zur Langeweile geronnen.

„Schön", sagte sie. „Ich habe allmählich Hunger. Das Bistro um die Ecke sah gut aus, was meinst du?"

Die Crevetten waren gut, der trockene Chablis auch. Aber das Gespräch war zäh. Und dann fand Alissa die Crème Caramel nicht gut, woraufhin Konrad meinte, es sei typisch für ihre gegenwärtige Negativhaltung, von einer simplen Crème Caramel zu verlangen, dass sie gut zu sein habe. Eine Crème Caramel solle das Essen auf eine angenehme Weise abrunden, mehr nicht.

„Wie der eheliche Beischlaf den Tag", hatte sie bissig geantwortet und sich darüber beschwert, dass er sie als Crème Caramel in seinem Leben hinnehme, und sich die aufregenderen Nachtische anderweitig suche. Er fand ihren Vergleich verstiegen und lächerlich.

Ob man wirklich blind werden konnte, wenn man zu lange in die Sonne sah?

Als Mädchen hatte Alissa oft in die untergehende Sonne gesehen, bis sie schwarze Kreise in ihr Gesichtsfeld warf. Das war aufregend. Genau wie das andere Spiel, sich so lange zu drehen, bis die Landschaft weitertanzte, nachdem sie selber schon wieder still stand.

Alissa steht auf. Sie zieht den Vorhang beiseite und genießt den Helligkeitsschock. Sie fixiert das gleißende Meer, den weiß verschwimmenden Horizont. Mittagssonne auf der Haut. Sie spürt sich, wie sie sich schon lange nicht gespürt hat.

Sie wendet den Blick nach oben.

Sie will es nur ausprobieren, kurz, bis zur Ahnung der Schmerzgrenze. Aber als der Schmerz einsetzt, kann sie nicht aufhören. Es ist wie eine Sucht.

Der Schmerz ist anders als andere Schmerzen, scheint ununterscheidbar vom Glück.

Ihr Verstand sagt ihr, sie soll aufhören. Aber sie kann nicht. Sie muss ihn erleben, diesen Punkt, an dem die äußerste Helligkeit umschlägt in Dunkelheit.

Als sie wieder zu sich kommt, ist sie im Krankenhaus. Die Augen sind ihr verbunden.

„Bist du das?" fragt sie und tastet seine Hand ab.

„Was machst du bloß für Sachen."

Die Zärtlichkeit in Konrads Stimme treibt ihr das Wasser in die Augen.

Weinen kann ich anscheinend noch, denkt sie und fühlt sich von einer Gefühlswelle überflutet.

„Du hast ja Haare auf deiner Hand", sagt sie, und dann: „Ist das dein Muttermal?"

Er nickt.

„Ja", fügt er heiser hinzu, als ihm klar wird, dass sie das Nicken nicht sehen kann.

Er räuspert sich.

„Die Ärzte sagen, du hast Glück gehabt. Der Verband ist nur noch zur Schonung. Du wirst eine Brille brauchen, aber das ist alles."

Urlaub

Monika Mockenhaupt, Landesministerin, wird von einem Fernsehteam beim Koffer packen gefilmt. Ihr Ehemann Hans Ernst, Dozent für Altphilologie, hat sich der Home-Story verweigert. Er besteht auf seiner Privatsphäre und arbeitet während der Dreharbeiten im Nebenzimmer an seinem Schreibtisch.

Für die Kamera packt Monika nicht nur ihren, sondern auch den Koffer ihres Mannes. Dabei erklärt sie die häusliche Aufgabenverteilung. Er sei der Koch, sie fürs Organisieren zuständig. Diesmal gehe es im Winter erstmals auf die Kanaren. Der übliche Sommerurlaub musste dem Wahlkampf geopfert werden. Sie lobt das Verständnis ihres Ehemannes, der das klaglos mitgetragen habe.

Der so Gelobte unterbricht die Dreharbeiten mit der Nachricht, der Landesvater sei am Telefon. Die Ministerin entschuldigt sich und verläßt den Raum. Der Fernsehjournalist sieht seine Chance und fragt Herrn Mockenhaupt, ob er ihm nicht doch eine Frage stellen dürfe.

Nein, darf er nicht. Hans Ernst verweist auf die Vereinbarung und macht klar, dass er, obzwar mit der Ministerin verheiratet, nicht Mockenhaupt heißt, sondern Wimmer, Doktor Wimmer. Damit verschwindet er.

Die Dreharbeiten sind beendet, das Ehepaar setzt sich zum Abendessen.

„Wunderbar Ernstel, gelungen wie immer", sagt Monika und zerquetscht eine Kartoffel in der Sauce.

„Ich habe mich so darauf gefreut, selber auch mal wieder zu kochen", sagt sie und spießt ein Stück Fleisch auf die Gabel.

„Und wieso freust Du Dich jetzt nicht mehr?"

Eine Pause entsteht.

Monika lächelt ihn Verständnis heischend an. Sie knetet ihre Hände, sucht nach Worten.

„Ich vermute, du willst mir sagen, dass du morgen nicht mitfliegst."

Er sagt es sehr leise. Als kein Widerspruch kommt, steht er auf, nimmt seinen Teller, öffnet den Mülleimer und schüttet das Essen hinein.

„Ernst, bitte! Versteh doch, der Landesvater..."

Sie versucht, ihn zu umarmen, aber er wehrt sie ab, geht in den Flur und zieht sich ohne Hast den Mantel an. Er legt einen Schal um, setzt seinen Hut auf. Ihre Versuche, ihn zu besänftigen prallen an ihm ab. Er scheint gar nicht zu hören, wie sie beteuert, dass sie sobald wie möglich nachkommt. Ihr Koffer bleibe gepackt, es handele sich nur um ein paar Tage, am Wochenende spätestens sei sie da.

Ernst nimmt den Schlüssel vom Haken, verläßt das Haus, wortlos. Die Zeit der Argumente ist vorbei.

Dr. Hans Ernst Wimmer ist allein geflogen. Er ist mit der Taxe zum Hafen gefahren, hat ein Schiff genommen, hat mit dem Bus die Insel überquert und ist an einem staubigen Platz ausgestiegen, wo man das Meer nicht sehen kann hinter der aufgetürmten Steinmauer, nur hören. Er hat keine Straßennamen gefunden, nur schiefe Buchstaben auf einer gekalkten Wand. Er ist in den dämmrigen Raum der Bar getreten und hat eine Windel wechselnde Mutter nach der Adresse des Vermieters gefragt.

Er hat die Adresse gefunden, den Schlüssel zum Ferienhaus in Empfang genommen, sich erklären lassen, wie die Pumpe für den Pool zu bedienen ist und wie er das Diesel-Aggregat anwerfen kann, falls er mehr Strom benötigt, als die Solarzellen hergeben.

Er hat in praller Sonne seinen Rollkoffer über einen sandigen Fußweg gezogen, das Haus gefunden, die Läden geöffnet und sich in den Pool fallen lassen. Nun trocknet er seine Nacktheit im dürftigen Schatten einer Palme und merkt, dass er Hunger hat. Der Kühlschrank ist leer, der Weg zum nächsten Laden weit.

Der Vermieter hat ihm von einer Finca auf halbem Weg erzählt, hauptsächlich, um ihn zu warnen vor den alternativen Chaoten, die dort leben. Aber er hat auch erwähnt, dass man dort essen könne. Zumindest im letzten Jahr wären da noch Gäste bedient worden.

Das Essen solle gar nicht mal so schlecht sein, nur einen normalen Service dürfe man nicht erwarten.

Ernst hat den von einem Buddha bewachten Eingang wahrgenommen, als er seinen Rollkoffer bergauf zog. Nun geht er den Berg hinunter. Die mit farbigen Glassplittern besetzte Skulptur funkelt in der Sonne. Unter künstlerischen Aspekten findet Ernst sie nicht sehr gelungen. Der Ausdruck ist weniger meditativ als schafsnasig dumm. Aber Ernst ist nicht hier, um Urteile abzugeben.

Das rostige Tor steht eine Handbreit offen und sieht sehr privat aus. Zaghaft drückt Ernst das Tor soweit auf, dass er hindurch gehen kann. Der Pfad führt in einen Hain mit Zitronen-, Orangen- und Avocadobäumen. Im Licht- und Schattenspiel der Blätter wird ein muskulöser brauner Rücken sichtbar, ein Mann, der erntet.

Hans Ernst verliert sich eine Weile in dessen Anblick, bevor er sich räuspert.

„Entschuldigung, ich habe gehört, man kann hier etwas zu essen bekommen."

Der Mann dreht sich um, wischt seine Hände an den Shorts ab. Anscheinend hat Ernst die Musterung bestanden, denn er grinst nachsichtig.

„Immer der Nase nach. Wenn du Glück hast, ist noch was übrig."

„Danke."

Ab jetzt wird es leicht. Die Veranda ist schattig. Eine schlanke Frau mit langen, glatten Haaren ist zwar schon fertig mit dem Küchendienst, aber sie erklärt sich bereit, ihm noch etwas zu servieren. Ob es irgend etwas gebe, auf das er allergisch sei.

„Nur auf Politik", sagt Hans Ernst und erntet ein Lachen.

„Keine Sorge, die haben wir hier nicht, auch keinen Zeitdruck und keinen Wettbewerb."

Ernst bleibt im Türrahmen stehen, so dass er die Frau beobachten kann. Sie ist wohl doch nicht ganz so jung wie er im ersten Moment dachte. Aber das tut ihrer Schönheit keinen Abbruch.

Die schwebende Anmut, mit der sie sich bewegt, versetzt Ernst in eine andere Zeit, in das alte Griechenland seiner Traumvorstellungen. So, vermutet er, haben schon Hetären das Drapieren von Oliven und Ziegenkäse als heilige Handlung zelebriert. Die Art, wie die langhaarige Schöne mit dem Finger testet, ob der Auflauf noch warm ist, berührt ihn sinnlich.

„Lauwarm, reicht das?"

„Danke, mir ist schon heiß."

Ein fragender Blick trifft ihn.

„Ja, lauwarm ist gut. Entschuldigung, ich bin mitten in der Nacht aufgestanden, der Klimawechsel, die Fahrt, ich bin noch nicht ganz hier."

„Wein?" fragt sie.

„Gerne."

Wie selbstverständlich nimmt sie neben ihm Platz, sieht ihm beim Essen zu und übernimmt das Reden. Als seien es für jedermann geläufige Themen, spricht sie von der Kommunikation mit Delphinen und Pflanzen, von der Weisheit des Schicksals und von der Unmöglichkeit von Politik. Sie amüsiert sich über Menschen, die immer noch glauben, sie könnten die Probleme auf derselben Ebene lösen, auf der sie entstanden sind.

Ernst versteht nicht alles, was sie sagt. Ihre Gedankengänge sind neu für ihn. Zusammen mit ihrer weichen Stimme, der linden Luft und dem Anblick ihres leichten Kleides vermischt sich alles zu einer großen Faszination. Sie heißt Ninofer. Das bedeute Wasserlilie, erfährt er. Kein Wunder, dass es ihm vorkommt, als werde er aufs Köstlichste unter Wasser gezogen. Vielleicht liegt es auch am Wein, an der Sonne, am frühen Aufstehen.

Ab und an kommen andere Bewohner vorbei. Ernst nimmt sie nur schemenhaft wahr. Die Zeit ist ihm abhanden gekommen. Er hat keine Ahnung, wie lange sie hier schon sitzen. Erst als die Sonne so weit gewandert ist, dass sie ihm auf den Arm brennt, erinnert er sich daran, dass er noch in den Ort muss, zum Einkaufen.

Wieder angekommen in seinem Ferienhaus, versorgt er die Einkäufe, will kurz ausruhen und legt sich quer über das Doppelbett. Als er wach wird, ist tiefe Nacht. Er steht auf, betrachtet den Sternenhimmel und fällt wieder zurück aufs Bett, in einen traumlosen Schlaf.

Er wacht auf, weil ihn etwas in den Arm sticht, als er sich herumrollt. Es ist die Ecke von einem Prospekt. Er zieht das Papier hervor und sieht ein Foto von Ninofer.

Die Sonne steht schon hoch. Er sieht auf die Uhr. Bald wird sie da sein. Als er erfahren hat, dass Ninofer nicht nur mit Delphinen redet, sondern auch Massagen verabreicht, wollte er eine buchen.

Ihr Behandlungsraum ist in der Finca. Aber sie hat ihm angeboten, in das kleine Ferienhaus oben am Berg zu kommen, wenn er wolle, ausnahmsweise. Sie liebe den Pool, hat sie gesagt.

Ernst schlüpft aus den Laken und geht zur Terrassentür. Da sieht er sie:
Ausgestreckt schwebt sie auf dem blauen Wasserviereck, ihre Haare wie Schlingpflanzen um sich

herum, eine nackte Ophelia zwischen Himmel und Erde. Er gleitet neben sie in den Pool, versucht, sich einfach so aufs Wasser zu legen wie sie, aber es geling ihm nicht, er geht unter.

Sie lacht ihn aus und dann wird es ein Gekabbel, ein Tauchen, Fangen und Entkommen. Am Ende steigt sie die Leiter hoch und fragt ihn, ob er Kaffee gekauft hat.

Nach dem Frühstück breitet sie Decken aus im Schatten der Bruchsteinmauer, ein Laken darüber für die Massage, legt eine esoterische Musik auf und fragt ihn mit professioneller Stimme, ob er Mango-Zitrone wolle. - Oder lieber Orange-Mandel? Hanns Ernst versteht sie nicht.

„Öl", sagt sie lächelnd," Massageöl. Welche Duftnote möchtest du?"

Er entscheidet sich für Orange-Mandel und legt sich halb angezogen auf die Decke.

„Soll ich dir nur die Schultern massieren?" fragt sie spöttisch.

Verlegen zieht er sich die Hose herunter.

„Zuerst auf den Bauch legen."

Hans Ernst ruckelt sich auf der Unterlage zurecht und harrt der Dinge, die da passieren sollen. Aber dann passiert gar nichts. Er dreht vorsichtig den Kopf und guckt, was sie macht.

Sie sitzt im Lotussitz und scheint die Welt um sich herum vergessen zu haben. Hans Ernst dreht den Kopf zurück und beschließt, sich ebenfalls zu entspannen. Er ist beinahe eingeschlafen, als er eine erste taubenzarte Berührung ihrer Finger auf seinem Rücken spürt. Sie beginnt sehr vorsichtig. Dann läßt sie ihn ein paarmal aufjaulen, als sie eine Verspannung bearbeitet. Und schließlich gleitet sie mit öligen Händen über seinen Köper, mal in sanften, mal in dynamischen Wellen. Das Hin- und Hergleiten im Rhythmus der Musik spült Ernst in einen schwebenden Zustand.

Als er sich umdrehen und auf den Rücken legen soll, verrät sein Penis mehr über seine Gefühle, als ihm lieb ist. Verlegen greift er nach dem Handtuch.

Doch Ninofer legt es beiseite und bedeckt sein Glied mit der Hand.

„Ich bin verheiratet", versucht er einen letzten Widerstand.

„Ich weiß", lächelt sie, schwingt sich über ihn und nimmt ihn ganz langsam in sich auf.

Dass eheliches Besitzdenken für Ninofer zu den Dingen gehört, die Frust erzeugen und somit lediglich das Gewaltpotential in der Welt erhöhen, hat Ernst schon am Vortag gehört und theoretisch bejaht. Aber dass diese Theorie sich nun hier in diese Praxis verwandelt, das transportiert ihn in Sphären, die ihm bislang unzugänglich waren. Jede Berührung ergibt sich aus der vorherigen, so leicht, so schwerelos, so ganz im Einklang mit dem Universum, dass es zweifellos die größere Sünde wäre, dieses Geschenk des Himmels zurückzuweisen als es anzunehmen.

Später, als sie ihren Sonnenhut aufgesetzt hat und den Berg hinuntersteigt, schaut er ihr nach, bis sie hinter den Drachenbäumen verschwunden ist. Den restlichen Tag verbleibt er in einem Wunderzustand und erst am nächsten Morgen fällt ihm auf, dass sie keine weitere Verabredung getroffen haben.

Am Nachmittag steigt er hinunter zur Finca und trifft sie nicht an. Als er nach Ninofer fragt, kommt die Gegenfrage, ob er eine Massage buchen wolle. Da vorne läge der Kalender.

Er schlägt den Kalender auf, der heutige und der morgige Tag sind durchgestrichen. Für den Tag darauf gibt es zwei Einträge.

Er legt den Kalender wieder an seinen Platz und geht weiter den Berg hinunter. Er erkundet die Insel, findet einen schwarzsandigen Strand und ein Lokal, in dem Broschüren zu geführten Wanderungen ausliegen. Er trinkt Wein und blättert in einer dieser Broschüren, als sein Handy sich mit einem Ping bemerkbar macht. Eine Nachricht von Monika.

KRISE BEWÄLTIGT. HABE DEN FLUG MORGEN FRÜH GEBUCHT. DER BUS KOMMT UM 13 UHR 30 AN.
XXX MONIKA.

BIN BEI EINER TAGESWANDERUNG, simst er zurück, KANN DICH LEIDER NICHT ABHOLEN, TREFFE DICH IM HAUS. SCHLÜSSEL UNTER STEIN AM POOL.
Er überlegt kurz, ob er ein „freue mich auf dich" hinzusetzen soll, entscheidet sich dagegen, klickt auf „Senden" und geht zur Bar, um die Wanderung zu buchen.

Die Wanderung ist um vier Uhr zu Ende. Aber er weiß nicht, wie er Monika begegnen soll. Er will Zeit gewinnen, schlendert durch den Ort, geht in ein Café, freut sich, dass es dort deutsche Zeitungen für die Gäste gibt, greift eine und sucht nach einem freien Platz, als er etwas sieht, das ihn zusammenfahren lässt: Monika und Ninofer an einem Tisch, in lebhafter Unterhaltung. Das kann nicht sein, sein Hirn spielt ihm einen Streich. Er will gerade die Flucht antreten, da entdeckt Monika ihn und winkt ihm zu. Ernst steht schreckstarr, wie angewurzelt. Monika kommt auf ihn zu, umarmt ihn und zieht ihn mit zum Tisch.

„Rate mal, wen ich auf dem Schiff getroffen habe, meine alte Schulfreundin Anneli, ist das nicht unglaublich! Die Welt ist so klein!"

„Unglaublich", gelingt es Ernst zu sagen.

Monika will Annelie und Ernst miteinander bekannt machen, aber Anneli unterbricht sie. Sie seien sich schon begegnet, sagt sie mit einem spitzbübischen Lächeln, sie wisse sogar, dass Ernst allergisch gegen Politik sei.

„Ja, der Arme, er macht etwas mit. Aber jetzt ist Urlaub. Und wenn du willst", wendet Monika sich an Ernst, „dann mache ich mein Handy nur einmal am Tag an."

Ernst antwortet nicht. Er ist abgelenkt. Er beobachtet fasziniert, wie sich zwei sonnengebräunte Hände wie selbstverständlich über Ninofers Busen schieben.

„Na, Frauenklön beendet?" fragt der dazugehörige Mann. Es ist der, den Ernst am ersten Tag beim Ernten beobachtet hat. Anneli-Ninofer steht auf und gleitet in seine Arme.

„Hast du das Ersatzteil bekommen?" Er nickt.

„Also, man sieht sich", sagt Anneli-Ninofer und schultert ihren Rucksack.

„Ich koche dann mal für dich und Mark!" ruft Monika ihr hinterher.

„Nur kein Stress", bekommt sie zur Antwort.

„Mein Gott, die Anneli." Monika träumt ihrer Erinnerung hinterher. "Ein bißchen exzentrisch war sie immer schon. Aber gut sieht sie aus, findest du nicht? Sie gibt übrigens Massagen. Das müssen wir unbedingt mal machen."

Hans Ernst reagiert nicht, sondern bestellt ein großes Bier.

„Würde dir bestimmt auch gut tun", insistiert Monika.

„Du weißt doch, ich bin nicht so der Typ für Massagen. - Was meinst du, sollen wir gleich hier essen?"

Brügge sehen und...

Felicitas sieht ihn von weitem. Er hält unruhig Ausschau in alle Richtungen, wo sie nicht ist. Ein großer Bub mit Bauch und einem lächerlich verspäteten Pferdeschwanz, grau, lang und dünn.
Sie spürt Rührung.
Die Intervalle zwischen ihren Begegnungen haben sich vergrößert. Fast drei Monate haben sie sich nicht gesehen. Dafür häufig telefoniert.
Er war von Grippeattacken geschüttelt, von unangenehmen Geschäften in Atem gehalten. Näheres erfuhr sie nie, statt dessen Beteuerungen, um wie vieles lieber er sich mit ihr getroffen hätte.

Sie ist nur noch ein paar Meter hinter ihm, als er zum Handy greift. Sie wartet das Klingeln in ihrer Tasche ab.
„Dreh dich doch mal um."
„Mein Gott, siehst du gut aus! - Nein wirklich, unglaublich."
Immer umgarnt er sie mit all diesen Honigworten, die ihm zu Gebote stehen. Worte sind sein Element. Er wechselt Themen in fliegendem Galopp, weicht aus, kommt in Bögen zurück, macht mit Andeutungen neugierig. Wenn sie nachfragt, bedeutet er ihr, sein Leben sei zu gefährlich für sie. Manchmal hat sie den

Verdacht, dass es hinter der blendenden Fassade seiner Verwirrspiele jämmerlich banal zugeht. Und manchmal wird sie ungehalten. Dann wechselt er die Strategie. Dann nennt er sich einen unmöglichen Menschen. Sie solle sich in Acht nehmen vor ihm, später werde er, im Moment aber, in ihrem eigenen Interesse...

Sie sei schon erwachsen, kontert sie. Sie könne durchaus selber bestimmen was ihr Interesse sei.

Oh, selbstverständlich, natürlich, nie würde er ihr unterstellen wollen, das sei es doch gerade, was er an ihr so schätze.

Und schon überschüttet er sie mit neuen Komplimenten, versetzt mit kleinen Spitzen gegen ihren gutbürgerlichen Hintergrund. Immer einen Widerhaken setzen, auch das gehört zu Toms Strategie. Tom, nicht Thomas. Felicitas betrachtet seine abgelaufenen Schuhe und fragt sich, warum er in seinem Alter auf dieser jugendlichen Verkürzung seines Namens besteht.

Sie gehen ins Kino. „Brügge sehen und sterben" heißt der Film, den er ausgesucht hat. „Brügge! Jeden Stein kenne ich dort." Er präsentiert den Namen der Stadt, als zaubere er ein weißes Kaninchen aus schwarzem Zylinder. Sein Enthusiasmus ist von einer Art, die ausschließt, dass außer ihm noch jemand anderes an diesem Ort tiefgehende Erlebnisse gehabt haben könnte. Wie soll sie ihm da von ihrem Brügge erzählen.

Sie blickt auf die Sprünge im Trottoir und lächelt bei der Erinnerung, die sie ihm vorenthält. Es war ein paar Monate nach der Geburt ihres ersten Kindes. Die Großeltern kamen, sie durften ans Meer fahren. Das erste Paar-Wochenende seit langem. Ihr Mann hatte das beste Hotel gebucht, mit antiker Einrichtung. Das Himmelbett hatte bedenklich geschwankt...

Nun sitzt sie neben diesem anderen Mann im Kino und wartet darauf, dass die Vorstellung anfängt. Sie lächelt ihm zu. Die Billigbrille hat schwarze Partikel auf seiner Wange hinterlassen. Sie widersteht dem Impuls, sie von seinem Gesicht zu streicheln. Er erzählt wieder eine umschweifige Geschichte. Sie hat den Faden verloren. Sie ist immer noch irritiert von seiner gut sichtbaren Zahnlücke. Ein Schneidezahn fehlt. Als sie sich schon gut kannten, aber noch nicht zu gut, hat sie ihn gelegentlich darauf aufmerksam gemacht, dass seine Nebenzähne in Mitleidenschaft gezogen würden, wenn er die Lücke unbearbeitet ließ. Soviel Vernunft hatte er weggelacht, und über die Zeit verschiedene Gründe angeführt, warum er nichts machen ließ. Mal war es seine fehlende Eitelkeit, mal die Abneigung gegen Zahnärzte, mal der Protest gegen sein früheres Leben in Maßanzugshemden. Seit sie den Verdacht hat, dass er nicht krankenversichert ist und ganz einfach kein Geld für eine Zahnreparatur hat, gehört die Lücke zu den Themen, die sie nicht mehr anspricht.

Der Film ist enttäuschend. Um zu verschleiern, dass er sich für die Wahl verantwortlich fühlt, macht er den Film noch schlechter als er war und lässt in seinem Rechtfertigungsfuror keinen Platz für ihre Meinung.

Es nieselt. Sie spannt einen Taschenschirm auf, bietet ihm halbherzig an, er könne ihn halten. Es gab eine Zeit, wo er ihren Arm genommen hätte. Und Felicitas hätte seine Nähe genossen. Heute aber tanzt Tom um sie herum, bis eine Schirmspitze seine Schläfe trifft.

„Oje oje", jault er tragikomisch, „mein ganzes Gehirn läuft aus."

Felicitas registriert die Blicke der Passanten. Was sie früher amüsiert hätte, findet sie jetzt nervend. Auch, dass er sich am Telefon gerne mit Intensivstation Poppelsdorfer Klinik, mit Tiermüllentsorgung Abteilung Kleintiere oder ähnlichem meldet, hat mittlerweile seinen Charme verloren. Sie mag es nicht mehr, wenn er sich hinter verschiedenen Dialekten versteckt oder Stimmungen wie Register zieht, von leidend zu forsch, von verraucht zu verrucht oder werbend. Sie möchte sein wirkliches Gesicht sehen, doch darauf wartet sie vergeblich.

Er hat ein feines Gespür. Er merkt, wenn er mit einer Nummer nicht landet. Dann zieht er eine andere

Karte. Kaum dass sie Mitgefühl für ihn entwickelt, weil er gehetzt wirkt oder traurig, wird seine Stimme vor lauter Protest kräftig.

Er habe sich sein Leben ausgesucht, er sei allein verantwortlich! Das gefällt ihr. Diesmal hat Tom den richtigen Ton getroffen.

Warum nur erinnert sie sich im nachfolgenden Schweigen an ein ungutes Muster? Ist da womöglich wieder einer, der nach der mitfühlenden Mama schreit und dann, wenn die mütterliche Reaktion kommt, zuschlägt, weil er die, die er eigentlich meint, nicht mehr treffen kann?

Wie sie sich geschworen hatte, nie mehr darauf hereinzufallen. Es ist nicht das erste Mal, dass Felicitas Ähnlichkeiten auffallen mit dem Mann, mit dem sie einmal verheiratet war. Sie erinnert sich an eine Sommernacht, in der es einmal zärtlich wurde zwischen ihr und Tom. Dann plötzlich diese grelle Überlagerung - und regelrechte Übelkeit. Tom hat freundlich darauf reagiert. Das hat sie ihm hoch angerechnet.

Der Regen hat rote Kastanienblüten über das Pflaster gestreut. Ein letzter freier Tisch lockt unter den Schutz der ausgefahrenen Markise. So können sie nun trotz Regen im Freien sitzen und bestellen Bier.

Die Bilder vom belgischen Bier seien das Beste am Film gewesen, sagt Tom. Und natürlich das Hotel! Das rühmt er, als gehöre es ihm persönlich. Jetzt würde Felicitas ihm doch erzählen, dass sie in eben diesem Hotel schon einmal abgestiegen ist. Aber sie findet keine Lücke in Toms Gerede.

Auch der Vater ihrer Kinder, der, mit dem sie damals in dem belgischen Himmelbett schlief, redete gern. Seine Geschichten waren pointen- reicher. Sie hatten Unterhaltungswert, zumindest wenn man sie zum ersten Mal hörte. Der Mann, der jetzt neben ihr sitzt, erzählt keine Geschichten. Er deutet nur an, was er sagen könnte. Er will Neugier nur erzeugen, nicht befriedigen.

Felicitas beobachtet einen schwarzen Mercedes, der unter dem Parkverbotsschild einparkt. Tom merkt, dass sie ihm nicht zuhört und folgt ihrem Blick.
Ein circa Dreißigjähriger, durchtrainiert, gegeltes schwarzes Haar, entsteigt dem Wagen. Er zieht am Gürtel seiner Hose und scannt das Lokal.
„Solche kenne ich", verkündet Tom.
Der Mercedesmann öffnet die Beifahrertür. Seine Begleiterin trägt High Heels und eine mit Straß besetzte Tasche. Die Blondierung ihrer Haare verrät sich am Ansatz.

"Solche kenne ich", wiederholt Tom bedeutungsvoll. Er lässt Geschichten vermuten, die er erzählen könnte, aber vorsichtshalber nicht erzählt. Felicitas fragt nicht nach. Ihre Neugier ist müde geworden.

Um das Thema zu wechseln, berichtet sie von einer Fotoausstellung, in der es nur Fotos von Paaren gab, von Paaren, die sich nichts mehr zu sagen haben.
Tom lacht und markiert damit seine Distanz zu solchen Paaren. Nachdem seine Beredsamkeit solchermaßen grundsätzlich in gutes Licht getaucht ist, kommt er übergangslos auf seine Projekte zu sprechen. Begeistert behauptet er, sie würden Fortschritte machen. Seine Projekte machen seit Jahren Fortschritte. Nur realisiert wurde bisher kein einziges.
Tom sieht Felicitas erwartungsvoll an.
„Gut", sagt sie desinteressiert und wischt ein paar Kastanienblüten vom Tisch.
„Du weißt gar nicht, wie besonders du bist."
Das Kompliment weht an ihr vorbei wie der feine Regen über den Rand der Markise. Der Ärmel von Felicitas Jacke ist dunkel vor Nässe. Erst jetzt nimmt sie das wahr. Sie fährt mit der Hand über den benetzten Stoff und riecht daran. Ein Geruch von leiser Trauer.

Sie gehen zur S-Bahn.

Einmal, in der Anfangszeit, da hat er ihr beim Einsteigen Luftküsse zu gewedelt. Er ist dem anfahrenden Zug hinterher gerannt. Und sie hat in den Blicken der Mitfahrenden den Widerschein ihres Glücks gesehen.

Diesmal verabschieden sie sich schon am Fuß der Treppe zum Bahnsteig.

„Und Brügge zeige ich Dir dann persönlich!" ruft er hinter ihr her.

Helenes Abschied

Zuerst gab sie das Reisen auf, dann das Spazierengehen. Einkaufen wollte sie schon lange nicht mehr. Und selbst das Duschen war ihr oft zuviel. Helene war nicht einsam. Sie lebte auch nicht abgeschoben in irgendeinem Heim. Sie wohnte im selben Haus wie Tochter und Schwiegersohn - in Rufweite.

Helene war vierundachtzig und müde, lebensmüde. Dass der Schwiegersohn vor ihr starb, damit hatte sie nicht gerechnet. Ein Infarkt, mitten im Leben, ein großer Verlust für alle, aber auch ein Verlust für die alte Frau. Bei der Beerdigung lebte sie noch einmal auf. Danach wollte sie ihr Bett nicht mehr verlassen. Sie blieb einfach liegen, zog sich nicht mehr an.

Die Tochter, selber nicht mehr jung und nun auch noch Witwe, macht sich Sorgen um die Mutter. Sie drängt auf einen Arztbesuch. Aber die alte Frau ist stur.

„Ich bin nicht krank", sagt sie. „Außerdem ist der Arzt unfreundlich. Beim letzten Mal hat er gesagt, ich solle mich nicht so anstellen."

Und dann kam der Tag, der Helenes Todestag werden sollte.

Die Tochter räumt das Frühstücksgeschirr ab. Sie freut sich, dass Helene etwas gegessen hat.

„Brauchst du noch irgendwas?"

„Nein danke."

„Soll ich nicht doch Dr. Wenig anrufen, dass er nach Dir sieht?"

„Nein, sollst du nicht! Es geht mir gut."

Die Tochter sieht auf die Uhr, sie hat Amtstermine, muss Nachlassdinge regeln für ihren verstorbenen Mann.

„Du hast ja den Alarmknopf, für alle Fälle", sagt sie.

„Ja, hab ich! Und jetzt geh endlich, sonst kommst du zu spät."

Die alte Frau horcht auf das Weggehen der Tochter, lässt sich in die Kissen sinken und schläft.

Als sie wach wird, greift sie zur Fernbedienung, stellt den Fernseher an. In ihr Dämmern dringt die Stimme einer Ratgebersendung. Es geht um den mobilen Alarm für Senioren. Eindringlich wird darauf hingewiesen, wie wichtig der sei. Helene tastet nach ihrem Alarmknopf, findet ihn nicht. Sie soll ihn am Körper tragen. Aber das ist ihr lästig, wie so vieles, was sie soll, aber nicht will.

Wo hat sie das blöde Ding nur gelassen? Sie tappt auf ihrem Nachttisch herum, stößt dabei ans Wasserglas. Das fällt zu Boden, zerbricht. Helene flucht über ihre Ungeschicklichkeit, hievt sich aus den Kissen. Die Tochter soll das nicht sehen. Sie will die Scherben beseitigen. Als sie niederkniet, gerät sie in Atemnot. Panik steigt auf. Wo ist dieser verdammte Knopf? Wo hat sie ihn hingelegt? Da drüben, am Sofa. Gestern Abend war sie am Sofa. Sie robbt durch das Zimmer, schneidet sich an einer Scherbe. Blut, auch das noch. Helene zieht an der Sofadecke, der Alarmknopf fällt ihr entgegen, sie drückt ihn mit letzter Kraft, zieht die Decke über ihr Nachthemd und fällt ins Nichts.

Der Alarm erreicht die Tochter am anderen Ende der Stadt. Sie ruft die Nachbarin an, bittet sie, nach der Mutter zu sehen. In einer halben Stunde kann sie selber dasein, vorausgesetzt, sie gerät nicht in einen Stau.

Als die Nachbarin kommt, ist die alte Frau nicht ansprechbar. Ihr Atem geht ziehend und schwach. Die Nachbarin ruft den Rettungsdienst. Sieben Minuten später ist der Notarzt da. Helene hat aufgehört zu atmen. Der Notarzt versucht sie zu reanimieren, vergeblich.

„Ich habe es geschafft."

Das würde Helene sagen, wenn sie noch reden könnte. Aber sie kann nicht mehr reden. Und sie darf nicht in Frieden tot sein. Sie muß so verquer auf dem Fußboden liegen bleiben wie sie umgefallen ist. Der Notarzt darf keinen Totenschein ausstellen, er muss den Hausarzt rufen.

Der Hausarzt lässt ausrichten, er habe keine Zeit. Das macht den Tod der alten Frau zu einem Tod mit ungeklärter Todesursache, mithin zu einem Fall für die Polizei.

Als die Tochter ankommt, ist der Streifenwagen schon da. Zwei Polizisten bewachen den Treppenaufgang zur Toten und verwehren der Tochter den Zugang.

Nach und nach kommen andere Familienmitglieder, der Sohn der alten Frau, die Schwiegertochter, das älteste Enkelkind. Niemand wird zur Toten vorgelassen. Niemand darf Abschied von ihr nehmen, sie berühren, ihr die Augen schließen oder die Hände falten. Die Tote muß exakt so liegen bleiben, wie sie gefunden wurde, bis der Kriminalkommissar eintrifft.

Die Polizisten bewachen die Trauernden nur ungern. Doch wo ein Notarzt gerufen wurde und der Hausarzt sich weigert zu kommen, um einen natürlichen Tod zu bescheinigen, ist dies der vorgeschriebene Lauf der Dinge.

Die Verwandten fügen sich, warten auf die Ankunft des Kriminalkommissars. Sie kochen Kaffee und kommen sich vor, als seien sie schuld am Tod von Helene.

Einer der Polizisten erklärt sich bereit, die Krankenunterlagen der Verstorben aus der nahe gelegenen Arztpraxis zu holen. Mehr als zwanzig Jahre war Helene Patientin des Arztes, der nun keine Zeit hat für die Tote.

Der Kommissar ist aufgehalten worden. Eine Schlägerei mit Todesfolge. Er entschuldigt sich, als er nach zweieinhalb Stunden eintrifft. Er mustert die Trauergesellschaft, geht an den Polizisten vorbei ins obere Stockwerk und begutachtet die Tote. Er stellt einen natürlichen Tod fest. Die Leiche darf nun aufgebahrt werden.

Der Rest sei reine Formsache, sagt der Kommissar. Allerdings dürfe die Beerdigung nicht stattfinden, bevor auch die Staatsanwaltschaft die Leiche frei gegeben habe. Die Familie werde benachrichtigt werden. Ob die Polizisten die Personalien schon aufgenommen hätten, fragt er und nimmt die Bestätigung zur Kenntnis.
Die Trauernden bieten ihm Kaffee an.

Er lehnt dankend ab, murmelt etwas wie „Beileid" und macht den Polizisten ein Zeichen. Sie begleiten ihn nach draußen.

Wohltätiges Schweigen legt sich über die Familie. Die Tochter zündet eine Kerze an, geht als Erste die Treppe hinauf.

Erfolg

Der junge Mann, ganz in Schwarz, ist gehetzt, als er die Galerie betritt. Sein Fahrradreifen war zerstochen, dann kam der Bus mit Verspätung und nun heften sich alle Blicke auf ihn. Auch der Blick des Galeristen, der seine Einführungsrede kurz unterbricht. Der zu spät Gekommene lächelt entschuldigend und presst sich in eine Ecke.

Er ist Student der Kommunikationswissenschaften, schreibt als Freelancer für die örtliche Zeitung und sieht die Vernissage als seine Chance. Bisher durfte er nur über Theateraufführungen des örtlichen Gymnasiums berichten, über Entenrennen, die der Lions Club zugunsten der Armen der Stadt veranstaltet, und über anderes im Sektor Vermischtes. Nun also Kunst. Die Galerie hat einen überregionalen Ruf und Bernd von Schöning ist ein renommierter Galerist.

Auch wenn er anders aussieht, als der Student ihn sich vorgestellt hat. Verwundert betrachtet er die angeschmutzt verbeulten Jeans. Ein beabsichtigter Effekt scheint angesichts des Warenhausschnitts und des straff unter den Gürtel gestopften Hemdes unwahrscheinlich. Der Student zückt sein Handy, stellt vorsorglich den Kameraton aus und fotografiert die

Jeans, von den Knien abwärts bis zu den ausgelatschten Schuhen des Galeristen.

Sie könnten einem Penner gehören.

Die Ausstellung gilt einem „Jungen Wilden" aus den Siebziger Jahren. Damals muss auch der Galerist jung gewesen sein. Vermutlich organisierte er Ausstellungen in Tiefgaragen, verdiskutierte ganze Nächte und war selber Teil des künstlerischen Aufbruchs. Jedenfalls wurde er zusammen mit den „Jungen Wilden" groß. Mit ihnen begründete er seinen Ruf. Soweit hat der Student sich vorinformiert.

Heute wirkt der Galerist nicht mehr wild, sondern grau und dünn, wie das Haar, dessen Enden auf seinen Kragen fallen. Eine Frisur, die auch mit gutem Willen nicht als Vintage zu bezeichnen ist.

Der Student manövriert sich in die Nähe des Tischs mit den Getränken und lächelt der Galeriesekretärin zu. Er wird mit einem Glas Wein belohnt.

Währenddessen erzählt der Galerist von seinem Schützling, dem der große Erfolg verwehrt gewesen sei. Trotzdem sei er ihm treu geblieben, habe ihm drei Ausstellungen gewidmet, und nun die Vierte, posthum. Der Student rechnet aus, was Treue im Galeristen-Milieu so heißt: im Schnitt eine Ausstellung alle zehn Jahre. Die Begeisterung scheint dem Galeristen auf dem langen Weg abhanden gekommen zu sein. Mit müder Stimme referiert er den künstlerischen

Höhepunkt des Malers, eine Dokumenta- Teilnahme. Doch dann die unselige Wendung, die tragisch falsche Setzung einer Priorität, die ihn herunterfallen ließ vom Erfolgskarussell. Eine Reise zur Unzeit. Eine leidenschaftliche Liebe, eine Rucksacktour in den fernen Osten.

Ein einziges Mal war er nicht bei einer Ausstellung seiner Künstlergruppierung. Leider sollte es die Entscheidende werden. Ein Kritiker erfand das Label von den „Jungen Wilden" ausgerechnet zu dem Zeitpunkt, als der Maler in der Ferne weilte und seine Hosen in einem afghanischen Gebirgsbach wusch.

Als er zurückkam, war nicht nur die Geliebte weg, auch der Zug zum Erfolg war ohne ihn abgefahren. Die Künstlerkollegen hatten sich als Trendsetter erfahren. Sie hatten sich im Fernsehen gesehen und plötzlich größere Summen für ihre Bilder kassiert. Der Zurückgekehrte fand die Gruppe als eine geschlossene vor. Er gehörte nicht mehr dazu. Während die ehemaligen Freunde sich Häuser mit Ateliers kauften, saß er im finsteren Kellerloch und malte goldene Pappkartons. Im Sujet spiegelte sich sein Protest, im Material seine Sehnsucht: vergoldete Wegwerfware.

Angesichts dieser Geschichte blicken die Vernissage-Besucher mit neuer Ehrfurcht auf die goldenen Vierecke an den Wänden. Natürlich hätte der Maler kein Geld für echtes Blattgold gehabt, hören sie, er habe sich mit Schlagmetall behelfen müssen.

Der Student tippt eine Notiz in sein i-Phone.

Der Stolz des Malers sei groß gewesen zu dieser Zeit, erzählt der Galerist. Lieber habe er gehungert, als Sozialhilfe anzunehmen. Nur von ihm habe er sich unterstützen lassen – und, leider, von seinem vermeintlichen Freund, dem Alkohol. Unter dessen Einfluß bröckelte mit den Jahren dann auch der Stolz des Malers.

Er zog heraus aus dem Kellerloch und hinein in eine Sozialwohnung.

Dort war er endgültig abgeschnitten von der Kunstszene. Er vereinsamte inmitten seiner Zigaretten und Schnapsflaschen. Am Ende warf er sich selber weg. Er stürzte sich aus dem Fenster.

Da er nackt gesprungen war, dauerte es eine Weile, bis die Polizei die Leiche zuordnen konnte. Der einzige auffindbare Verwandte lebte ebenfalls von Sozialhilfe. Und da es auch sonst niemanden gab, der sich für die Beerdigung zuständig gefühlt hätte, kam der Maler anonym unter die Erde.

Erst als der Verwandte, in der Hoffnung auf eine bescheidene Erbschaft, die Wohnung durchsuchte und die Visitenkarte des Galeristen fand, wurde dieser benachrichtigt.

Er reiste an und fand eine chaotisch vermüllte Wohnung vor. Die Bilder waren unsachgemäß gelagert, eingedellt, mit Wasserflecken und anderen Schäden. Die meisten mußten auf der Müllkippe entsorgt werden. Die weniger beschädigten Bilder wurden vom Galeristen gerettet und nun hier ausgestellt. Eigentlich habe er noch ein Buch schreiben wollen über den Künstler, aber er sei nicht dazu gekommen, sagt der Galerist mit einer Stimme, der jede Hoffnung abhanden gekommen ist. Damit beendet er seine Rede.

Die Vernissage Besucher nippen bedächtig an ihren Weingläsern. Einige betrachten höflich die auf Leinwand gemalten und dann vergoldeten Pappkartons. Ein Kenner identifiziert eine handwerkliche Schludrigkeit. Andere unterhalten sich bereits ganz unverhohlen über kunstfremde Themen. Derweil googelt der Student den Namen des Malers. Laut Wikipedia lebt und arbeitet er immer noch in Köln. Das will er dem Galeristen mitteilen. Wenn er schon kein Buch über den Maler schreibt, so könnte er doch dessen Wikipedia-Eintrag ergänzen und das Todesdatum hinzufügen, denkt er. Aber der Galerist redet gerade mit dem Leiter des Kunstvereins. Der Student nimmt sich vor, ihm eine Mail zu schreiben. Er fotografiert die beiden Kunstgrößen der Stadt vor einem der Pappkartonbilder und eilt nach Hause.

Dort sichtet er die Preisliste und sucht vergeblich nach einer E-Mail Adresse. Es gibt nur eine postalische. Erst jetzt fällt ihm auf, dass die Liste auf einer Schreibmaschine geschrieben wurde, auf einer mit defektem A – wie in einem alten Agatha Christie Roman. Das mit der E-Mail hat sich erübrigt. Wer Preislisten auf einer Schreibmaschine schreibt, kann mit Sicherheit keinen Wikipedia-Artikel berichtigen.

Kurz überkommt den Studenten die Vision eines Artikels mit Tiefenlot. Er könnte über einen in die Jahre gekommenen Aufbruch schreiben, über tragische Wendungen, über Erfolg und Mißerfolg. Aber wer soll das veröffentlichen? Ganz sicher nicht die Stadtzeitung. Man erwartet von ihm genau zwanzig Zeilen mit freundlichen Fakten. Außerdem hat er gehört, der Galerist sei ein Freund des Chefredakteurs.

Waltraud und die Resilienz

„Keine Resilienz" echot es in ihrem Kopf, während sie lustlos ihr Walking-Pflichtprogramm absolviert. Kei-ne-Re-si-li-enz, jede Silbe ein Schritt, sechs Schritte, dann wieder von vorne. Wenn sie „lienz" als eine Silbe nimmt, wird die Schrittzahl ungerade. Das ist interessanter. Dann geht es mit dem anderen Fuß von neuem los.

Re-si-lienz.

Sie wollte nicht nachfragen, was das ist. Ärzte haben keine Zeit, so etwas zu erklären. Waltraud nahm ihr Rezept entgegen, die Empfehlung, jeden Tag eine Stunde zu laufen und gab den Begriff zu Hause ein. Dank Wikipedia weiß sie nun, dass Resilienz die Fähigkeit ist, mit Störungen im System umzugehen.

Die Störung in ihrem System ist Jörg. Oder besser gesagt, die Abwesenheit von Jörg. Er hat ein Loch in ihrem System hinterlassen, ein schwarzes Loch, das jegliche Freude magisch anzieht und verschluckt.

Auch andere Menschen haben Enttäuschungen, aber sie gehen anders damit um, die lassen sich nicht so hängen. Vielleicht ist mangelnde Resilienz ein Charakterfehler.

Seit wann kann man Charakterfehler mit Pillen bekämpfen? Waltraud hat das Rezept eingelöst, den

Beipackzettel gelesen und die Packung dann erst einmal beiseite geschoben. Sie hat nicht nur keine Resilienz, sie ist auch noch unentschlossen, von Zweifeln zerfressen... Bravo. Im Sich-selber-fertig-Machen ist sie richtig gut. Wenn es die olympische Disziplin self-bashing gäbe, sollte sie sich aufstellen lassen.

Re-si-lienz, links rechts links. Re-si-lienz, rechts links rechts. Lang-wei-lig. Langweilig hat auch drei Silben. Das kann sie im Wechsel denken und kommt dabei nicht aus dem Tritt.

Auf der Spur bleiben, hat mal ein kluger Mensch gesagt, darauf komme es an. Waltraud ist aus der Spur geraten. Und jetzt geht sie jeden Tag eine Stunde lang, um wieder in die Spur zu kommen, egal wie das Wetter ist.

Heute ist das Wetter so trübe langweilig wie sie selber. Gesichtsloser Hochnebel. Kein richtiger Nebel, nichts Waberndes, das die Büsche in Geheimnis kleidet und Gedichtzeilen aufruft wie

Seltsam, im Nebel zu wandern!

Einsam ist jeder Busch und Stein

Kein Baum sieht den anderen,

Jeder ist allein.

Schön hat der Hesse das ausgedrückt. Bei seinem Nebel fühlt man sich gleich aufgehoben in poetisch überhöhter Einsamkeit. Aber hier in diesem trostlosen Spar-Licht will sich keine wohlige Traurigkeit einstellen. Da *sieht* jeder Baum den anderen, da ist nichts seltsam, alles nur flach. Eigentlich ist Hochnebel gar kein Nebel sondern nur ein grauer Deckel über dem Kopf.

Einsam ist sie, ja. Aber nicht einmal ihre Einsamkeit kann sie wirklich spüren. Sie ist so gefühllos wie dieser Einheitsbrei von dämmrigem Tageslicht. Ob die Pillen gegen Selbstmitleid helfen? Dann sollte sie die schlucken.

DER KOPF IST RUND, DAMIT DAS DENKEN DIE RICHTUNG WECHSELN KANN. Eine Karte mit diesem Spruch klebte eine Weile an ihrem Spiegel. Jörg hat sie ihr geschenkt. Nun hat *er* die Richtung gewechselt. Und sie?

Zeit für einen Spurt. Waltraud rennt, bis sie außer Atem ist. Na bitte, geht doch.

Nur das Seitenstechen müßte jetzt nicht sein. Oder doch? Nur nicht übermütig werden.

WER DEN KOPF RAUSSTRECKT
DEM WIRD ER ABGEHACKT.

Damit ist sie aufgewachsen.

UND HÜHNERN DIE KRÄHEN, SOLL MAN BEIZEITEN DEN HALS UMDRÄHEN. Sätze so bleiern wie der Himmel über ihr.

Im Wikipedia-Artikel wird das Stehaufmännchen als Musterbeispiel für Resilienz genannt. Es kann sich aus jeder Lage immer wieder aufrichten. Ein Stehauf-Frauchen ist nicht bekannt. Das wundert Waltraud eigentlich nicht.

Es gibt Stoffe, die knittert man und dann bleiben die Falten drin. Andere knautscht man tagelang im Koffer und sobald man sie herausnimmt, entfalten sie sich, als sei nichts gewesen. Kann man sich aussuchen, aus welchem Stoff man gemacht ist? Gibt es ein Bügeleisen für die Seele?

Waltrauds Seitenstechen lässt nach. Also noch einmal laufen, bis zum Gutsgasthof. Dort gibt es einen freien Blick und die Geschichte der Wendelgard von Haltnau. Wenn man es recht bedenkt, war diese Frau aus dem dreizehnten Jahrhundert ein Musterbeispiel für weibliche Resilienz. Die Frau hat sich nicht klein machen lassen, obwohl sie eine erhebliche Störung im System hatte. Sie war häßlich, erschreckend häßlich. So häßlich, dass sie sich nicht öffentlich zeigen durfte. Ihr Anblick galt als unzumutbar. Damals ging man ziemlich robust um mit Abweichungen vom System. Da wurde nichts schön geredet, da war ein Buckel ein Buckel und eine deformierte Nase ein Schweinsrüssel. Allenfalls ein Schweinsrüsselein, wenn das Ungetüm im Gesicht zu einem Mädchen gehörte, einem adeligen noch dazu.

Trotzdem mußte die schweinsrüsselige Wendelgard ihr Brot und ihre Suppe in Einsamkeit essen. Ihr Anblick sollte anderen nicht den Appetit verderben. Dass der Trog, den man dem adeligen Fräulein von Haltnau hinstellte, ein silberner gewesen sein soll, war vermutlich kein Trost. Allerdings war das kostbare Gefäß ein erster Hinweis auf die Möglichkeiten, die dieses Mädchen trotz seiner Verunstaltung hatte, und die es in späteren Jahren zu nutzen wusste.

Schwer atmend stoppt Waltraud. Sie hat das alte Wirtshaus erreicht, den Endpunkt ihrer täglichen Runde, das Areal, wo einst Wendelgard von Haltnau lebte. Diese Wendelgard muss mächtige Knitterfalten auf der Seele gehabt haben. Aber sie hat sich ein Bügeleisen dafür erfunden.

Als das Fräulein von Haltnau alt genug war, die Hoffnung auf ein Leben mit Ehemann und Kindern aufgegeben zu haben - vermutlich war sie damals in Waltrauds Alter – und gleichzeitig noch jung genug war, um Lust zu haben auf Leben, auf Gespräche, auf Unternehmungen, da hat sie es geschafft, den Blick weg zu lenken von dem, was ihr nicht zur Verfügung stand, und hin zu dem, was sie hatte. Neumodisch würde man sagen, sie besann sich auf ihre Ressourcen. Das waren in ihrem Fall eine gute Gesundheit, ein ausgeprägter Verstand und ein florierendes Rebgut in bester Südlage am Bodensee mit Bootszugang, in der Nähe von Meersburg. Das Fräulein von Haltnau dachte nach und machte den Ratsherren der Stadt Meersburg ein Angebot: Da sie ohne Kinder und sonstige Erben sei, werde sie ihr Rebgut der Stadt vermachen - unter folgender Bedingung: Täglich solle ein Ratsherr mit ihr speisen und am Sonntag solle der Bürgermeister sie bei einer Ausfahrt in die Umgebung begleiten.

Die Meersburger Honoratioren zerstritten sich über dem Angebot und konnten sich weder zu einer Zusage noch zu einer Absage durchringen. Da fackelte das adelige Fräulein nicht lange und unterbreitete dasselbe Angebot den Konstanzern. Die waren zwar weiter weg, aber mit dem Schiff gut erreichbar. Dort einigte man sich und nahm an.

So hatte das adelige Fräulein für den Rest seines Lebens männliche Gesellschaft. Wie die sich im Einzelnen ausgestaltete, darüber berichtet die Legende nichts. Aber Waltraud kann sich vorstellen, dass das Aussehen der Wendelgard durch die Gewöhnung unwichtiger wurde und andere Qualitäten wie Klugheit und Lebenslust in den Vordergrund traten. Gut vorstellbar, dass da hin und wieder die Gelegenheit auch Liebe machte.

So oder so hat Wendelgard sich den Rest ihres Lebens genüsslicher gestaltet, als nach dem harten Anfang zu erwarten stand. Und dieser Rest war lang. Das Fräulein von Haltnau starb im gesegneten Alter von über 90.

Waltraud war vier Jahre mit Jörg zusammen. Bisher dachte sie, das sei eine lange Zeit. Aber wenn sie es unter der Maßgabe betrachtet, dass sie vielleicht noch sechzig Jahre zu leben hat, ist das ein Fliegenschiß in ihrer Biografie.

Die ersten Falten zeigen sich, aber was ist das gegen ein Schweinsrüsselein? Auch Waltraud hat Ressourcen. Zwar kein Rebgut, aber einen Beruf und keine finanziellen Sorgen. Gesund ist sie auch.

Als würde der Himmel Waltrauds Gedanken bestätigen wollen, wird der Schleier vor der Sonne dünn. Schon ist ein runder Umriß zu sehen, ein bleicher Tagesmond. Und das Wasser spiegelt eine Helle, die sich in Glitzern verwandeln wird, sobald die Sonne den Nebel gänzlich vertreibt.

Holzwürmer

Was tut diese fremde Frau da auf meinem Sofa?
Ich wäre jetzt lieber allein und würde mich auf meine
Reise vorbereiten.
Diesmal hat sie einen Rock angezogen, keine Hose
wie die ersten beiden Male. Sandalen, lackierte
Zehennägel und ein Schlitz bis zum Knie. Was
erwartet sie? Ich bin absolut nicht in Stimmung.

Das Foto von meinen Töchtern hat sie angesehen
und einfach wieder hingestellt, ohne etwas zu sagen.
Na gut, meine Frau ist mit auf dem Foto. Vielleicht
hätte ich es wegstellen sollen.

Schwarzer Rock, gelbe Jacke. Sie trägt Warnfarben.
Wahrscheinlich hat sie Angst und weiß es nicht.
Klackert mit den Eiswürfeln im Glas und trinkt
Baileys, unser Getränk.
Unser Getränk? Wie schnell entwickelt man
Gewohnheiten? Beim ersten Mal, in der Bar, da
kannte sie Baileys noch gar nicht - oder hat sie nur so
getan? Ich habe ziemlich viel von Irland geredet, von
der Bucht, vom Cottage. Das schien ihr zu gefallen.
Sie wollte keinen richtigen Whisky. So kamen wir auf
Baileys.

Ich wollte sie wiedersehen. Aber dass sie mich gleich in ihre Wohnung einlädt, schon beim zweiten Treffen, damit hatte ich nicht gerechnet. Sie hat eine gemütliche Wohnung, viele Blumen auf dem Balkon. Aber ich bin nicht raus gegangen, wollte nicht gesehen werden von all ihren Nachbarn.

Als sie sich umzog fürs Konzert, hat sie die Tür offen gelassen zum Schlafzimmer. Ganz schön forsch die Dame. Eigentlich wollte ich nicht, dass sie heute herkommt, aber ich war unter Zugzwang. Ein Treffen am neutralen Ort, einmal bei ihr und dann bei mir, logisch.

Aber trotzdem falsch.

Sie spürt meine Vorbehalte, sitzt vorne auf der Kante vom Sofa und dreht das Glas in den Händen. - Sie sieht gut aus. - In den Spiegeln vom Foyer des Konzerthauses haben wir ein ansehnliches Paar abgegeben.

Aber sie hat den kritischen Blick. Wie sie vorhin die Wollflusen auf meiner grünen Weste angesehen hat, das war der Ehefrauenblick.

Ich hätte mich umziehen können, aber ich wollte ihr keinen roten Teppich ausrollen. Wenn sie mich zu Hause besucht, soll sie sehen, wie ich zu Hause bin. Nun sitzt sie da und fühlt sich unwohl.

Warum habe ich mich auf diese Verabredung eingelassen? Ich habe gar keine Zeit für eine fremde

Frau, jedenfalls nicht heute, nicht kurz vor meiner Abreise.

Ich habe mich unter Druck setzen lassen. Zweimal getroffen und schon lasse ich mich unter Druck setzen. Am Telefon hat sie mein Zögern bemerkt. Aber da war es schon keine Frage mehr, *ob* man sich trifft, sondern nur noch wo. Sie hat ein Lokal in der Stadt vorgeschlagen. Das war mir zu lästig. Ich wollte das Sitzungsprotokoll noch fertigmachen, bevor ich nach Dublin fliege. Vielleicht wollte ich sogar, dass sie mein Haus sieht, bevor ich verreise. Ich war mir sicher, es würde sie beeindrucken.

Aber so sieht es nicht aus.

Habe ich gehofft, sie würde hier hereinpassen?

Ilse hat das Haus zuletzt auch nicht mehr gefallen. Nachdem die Mädchen aus dem Haus waren, fühlte sie sich hier eingesperrt, oder ausgesperrt oder was auch immer.

„Das Cologne Concert ist wirklich das Beste von Keith Jarrett." Diese Fremde mustert einfach meine CD-Sammlung.

„Da kennen Sie Melody of Night noch nicht, das ist mein Favorit."

Habe ich sie jetzt tatsächlich gesiezt? Peinlich.

Sie lässt sich nichts anmerken. Ich könnte eine CD auflegen, das würde die Stimmung leichter machen.

Aber ich will es gar nicht leichter machen. Sie sucht jemanden zum Zusammenleben, sonst hätte sie nicht annonciert. Und ich? warum habe ich geantwortet?

Das Kennenlernen war nett. Wann beginnt die Verpflichtung? Sie hat sich wieder gesetzt. Zwei Meter Luft und der Glastisch zwischen uns.

Sie hat keine Strümpfe an. Gänsehaut über geplatzten Äderchen. Seit gestern ist Herbst in der Luft.

Da ist wieder dieses Knacken. Das Haus ist so leer, seit Ilse gegangen ist. Immer, wenn es ganz still ist, höre ich dieses Knacken. Wieso redet diese Birgit heute nicht? Die ersten Male hat sie wie ein Wasserfall geredet.

Schon wieder eine Frau mit i im Namen, diesmal sogar mit zwei i. Nun fixiert sie das Album auf dem Tisch. Ich schlage es auf, schiebe es ihr hin.

„Irland, kannst du dir gerne ansehen."

Ein Glück, diesmal habe ich sie geduzt.

„Welches Bild guckst du dir gerade an?"

Nun kommt sie mit dem Album zu mir. So habe ich das nicht gemeint. Sie hätte das Buch nur hochzuhalten brauchen, ich kenne ja die Fotos. Offenbar spürt sie meine Reserve, geht gleich wieder zurück und legt das Buch auf den Tisch, so als würde es sie nicht mehr interessieren. Das ist mir auch nicht recht.

Aber was ist mir denn recht? Ich komme gar nicht

zum Durchatmen. Angeblich entscheidet die dritte
Begegnung über die Art einer Beziehung. Und ich
weiß noch gar nicht, ob ich überhaupt eine Beziehung
will. Eigentlich will ich nur, dass alles so ist wie früher.
O je, der Klassiker! - Wenn das von meinen Patienten
kommt, sage ich immer „Die Vergangenheit ist nicht
wählbar."

Ilse behauptet, ich hätte sie nicht verstanden, von
Anfang an nicht. Aber warum sind wir dann
neunzehn Jahre zusammengeblieben? Ich würde jetzt
gerne eine Patience legen. Da ist wieder dieses
Knacken.
„Hast du das auch gehört?"
Ja, sie hat es auch gehört.
Es kommt aus der Küche. Der Vogel kann es nicht
sein, den habe ich schon in die Pension gebracht. Ich
muss nachsehen. Es ist nicht gut, wenn es hier ein
Tier gibt und ich bin nicht da.
„Da! Da ist es wieder."
Das Geräusch kommt doch nicht aus der Küche, es
kommt aus der Wand!
Birgit stellt sich neben mich, horcht auch. Sie scheint
erleichtert zu sein, dass endlich etwas passiert.
„Holzwürmer" sagt sie fröhlich. „Das hört sich nach
Holzwürmern an."
Holzwürmer!? O mein Gott, das halbe Haus ist aus

Holz. Was, wenn es von innen her aufgefressen wird?
Dann kann ich es nicht mal mehr verkaufen, wenn ich
es verkaufen will. Dabei will ich es gar nicht
verkaufen. Ich will es behalten für meine Töchter,
auch wenn die nicht interessiert sind.

Jetzt ist es wieder ruhig.

Der Wurm versteckt sich.

Derzeit kommen die Töchter nicht mal zu Besuch.
Sogar das Wasser im Pool ist umgekippt, weil sich
keiner gekümmert hat. Aber das wird sich ändern. Es
ist das ideale Haus für kleine Kinder.

Da, es knackt wieder.

Nein, das ist nicht in der Wand. Das Knacken kommt
aus der Messingschute mit dem Kaminholz. Gott sei
Dank. Das kann ich entsorgen. Aber wie?

„Verbrennen", schlägt diese Birgit vor und lächelt.
„Einen hübschen kleinen Scheiterhaufen im Kamin."

Der Kamin ist sauber. Ich habe ihn nicht mehr
angemacht, seit Ilse ausgezogen ist.

„Das geht nicht, ich habe einen Tisch beim Italiener
reserviert."

Nur weg von hier, ins Unverbindliche. Aber vorher
muss ich die Würmer nach draußen bringen. Die
Terrasse hat einen Holzboden. Können Holzwürmer
springen? Ich renne wie ein panischer Trottel mit der
antiken Kiepe hin und her. Die Frau lehnt am
Türrahmen und grinst, anstatt mir zu helfen. Jetzt

spaziert sie durch den Garten und betrachtet den leeren Swimmingpool.

„Wozu braucht man zwei Grillkugeln?" fragt sie.

„Wir hatten oft Gäste."

„Das Haus kommt mir vor wie ein zu groß gewordener Anzug."

Na, die ist vielleicht mutig. Natürlich ist das Haus zu groß für mich. Ich wollte ja auch ausziehen. Wenn Ilse hier geblieben wäre, hätte ich ein neues Leben anfangen können. Aber sie wollte nicht. Obwohl sie das Haus bezahlt hat.

Ihre Familie und ihr Geld. Ich wollte ihr Geld nicht. Ich hätte lieber ein kleineres Haus gebaut ohne Swimmingpool, dafür mit einem Teich. Wenigstens habe ich den Erker durchgesetzt, gegen die deutschen Bauvorschriften. Es ist ein schönes Haus. Es ist so, wie mein Leben war, natürlich, warm und lebendig. Aber jetzt ist es nicht mehr so. Jetzt ist der Wurm drin.

„C.G. Jung hält den Wurm für ein Symbol unreflektierter Seeleninhalte. Der Wurm als blinder Lebensinstinkt, ohne Vernunft und ohne Gefühl."

Das sage ich jetzt mal laut, damit diese Birgit aufhört mit ihrem Grinsen und mich wieder für einen klugen Mann hält.

Die Holzscheite kippe ich neben den Misthaufen. So! Da kann das verwurmte Zeug liegen bleiben, bis ich zurückkomme.

„Interessant", sagt die Frau, die über eine Annonce in mein Leben gepurzelt ist.

„Der Wurm als Instinktwesen", fügt sie noch an.

„Schade, dass er ein so schlechtes Image hat. Aber wir verbannen ja gern alles Ursprüngliche aus unserem Leben oder kaschieren es. Das ist das Geheimnis der Parfumindustrie."

Schmalspurpsychologin! Sie glaubt, über meinen Beruf mitreden zu können, nur weil sie ein paar esoterische Psychoworkshops absolviert hat. Ich muss sie loswerden. Sie meint es ernst. Sie behauptet, dass sie nach unserer Begegnung den anderen Kandidaten Absagen geschrieben hätte. Im ersten Moment hat mir das gefallen.

„Ich habe natürlich trotzdem Angst" sagte sie, als sie mein Erstaunen sah.

„Es wäre unnatürlich, wenn keine Angst da wäre."

Dass ich mich in meinen Berufsjargon gerettet habe, war mir auch ohne ihren Blick sofort klar. Sie schafft es, dass ich mir blöde vorkomme.

„Ich habe keinen großen Hunger", sagt sie jetzt. Wegen ihr müsse man nicht zum Italiener gehen. Ein Knäckebrot würde es tun. Schon bin ich auf dem Weg in die Küche, öffne die Schranktüre, sehe das Knäckebrot. Aber nein! Nein, nicht heute abend. Das geht nicht. Das will ich nicht. Nachher gehe ich doch noch ein auf ihren Vorschlag, mit den Würmern ein Feuer zu machen. Wir sitzen beieinander, wir sehen in die Flammen und dann... Ich mache die Schranktür wieder zu.

„Ich habe eigentlich wirklich nichts da."

Eigentlich. Warum habe ich „eigentlich" gesagt? Will ich, dass sie nachfragt, ob ich uneigentlich etwas da habe? Aber sie fragt nicht nach.

Sie sieht mir zu, wie ich die Messingschute ausspüle, damit keine Holzwurmlarven überleben und sagt etwas Verständnisvolles über Reisenervosität. Irre ich mich oder ist da eine spöttische Herablassung in ihrem Tonfall? Frechheit. Ich bin nicht nervös. Ich habe nur noch nicht gepackt.

Vielleicht findet sie mich alt und unflexibel. Bin ich schon so deutsch? Neunzehn Jahre mit einer Düsseldorfer Hausfrau prägen. Ilse wäre nie auf die Idee gekommen, am Abend vor einer Abreise Kaminfeuer zu machen. Egal.

„Ich muss nur noch dem Gärtner einen Zettel schreiben, dass er das Holz draußen liegen lässt und nicht etwa in die Garage bringt. Dann gehen wir zum Italiener."

Sie kehrt mir den Rücken zu und antwortet nicht. Geschieht mir recht. Warum muss ich auch mit dem Gärtner prahlen, wo das nur der Nachbarsjunge ist, der mir gelegentlich hilft.

Sie kommt zurück, sie hat ihre Handtasche geholt.

„Also dann. – Ich denke, ich überlasse dich besser deinen Vorbereitungen."

Ihr Lächeln ist freundlich, aber die Augen sind enttäuscht.

„Kein Italiener mehr?"

„Wie gesagt, keinen Hunger."

„Ich melde mich, wenn ich zurück bin."

Sie nickt. Aber so, als würde sie nicht daran glauben, oder als sei es ihr egal. Sie geht zum Auto und winkt mit der Hand in die Luft ohne sich umzudrehen.

Im Wegfahren hupt sie. Ein Schlusspunkt.

Der Elefant

Heinz sitzt am Steuer.

Der Streit ist alt und das Auto neu.

Hilde war auf der Fahrerseite eingestiegen, um alles zu erkunden und um eine Proberunde zu fahren, aber Heinz hat ihr den Autoschlüssel vorenthalten.

„Dat Auto muss vernünftig einjefahren werden."

Nun sitzt Hilde schmollend auf der Beifahrerseite und macht ihm das Ausflugsziel mies, das er ausgesucht hat.

„Da gib et doch Tiger, ne?"

„Klar, und Löwen. Dat ist wie ne richtige Safari."

„Ohne Zäune?"

„Sonst wär et en Zoo und kein Großwildpark."

„Vielleicht wär ja dat Vogelschutzgebiet besser jewesen."

„Wieso dat denn?"

„Na ja. Die Tiger, die haben doch Krallen. Wat is denn, wenn die jetzt an den Lack gehen?"

„Quatsch. Die sin Autos gewöhnt. Außerdem, meinst du, Vogelscheiß is besser für den Lack?"

„Den kann man abwaschen."

Als sie im Park sind, murrt Hilde.

„Hier sin ja bloß Bäume."

„Dir kann man et aber auch nie recht machen."

Schweigend fahren sie weiter.

„Da vorne sind Zebras."

„Die zählen nicht. Dat sin ja bloß jestreifte Pferde."

Auch Heinz hat sich den Park aufregender vorgestellt. Endlich entdeckt er einen Elefanten.

„Jetzt guck doch mal! Da vorne sin Elefanten. Dat sin doch deine Lieblingstiere."

Er fährt langsamer. Ein großer Grauer beäugt Hilde und schwenkt seinen Rüssel. Hilde ist hin und weg.

„Och, is der süß!"

„Aber nich dran lecken", sagt Heinz anzüglich und hält an.

„Wo du auch wieder dran denkst."

Hilde wirft ihm einen Flirtblick zu.

„Meinst du, der mag Äpfel?"

„Bestimmt."

Hilde öffnet das Autofenster, hält dem Elefanten einen Apfel hin. Sie sieht fasziniert, wie er ihn mit dem Rüssel packt und elegant seinem Mund zuführt. Als ein zweiter und dritter Apfel denselben Weg zum Elefantenmaul findet, kennt Hildes Begeisterung keine Grenzen. Dann sind die Äpfel aus. Der Elefant aber kennt inzwischen die Quelle, steckt den Rüssel durchs offene Fenster und betastet Hildes Ausschnitt. Heinz lacht sich kaputt.

„Der will Deine Äpfelchen!!!"

Hilde aber wird es nun doch unheimlich. Sie schubst den Rüssel weg. „Nich, hau ab!"

Doch der Elefant lässt sich nicht abwimmeln.

Da drückt sie den Fensterknopf. Die Scheibe fährt hoch.

„Bist du wahnsinnig! Mach dat Fenster wieder auf!"

In der Aufregung drückt Hilde die falsche Richtung. Die Scheibe klemmt den Rüssel des Elefanten ein. Der tritt gegen das Auto. Endlich findet Hilde den richtigen Knopf. Der Rüssel ist wieder frei. Heinz gibt Gas. Der Elefant trompetet ihnen wütend hinterher.

Hilde atmet erleichtert aus.

„Puh. Dat is ja nochmal gut jegangen."

„Dat nennst du gut jegangen!?"

Heinz lässt eine Schimpftirade auf sie los. Hildes Nacken wird steif vor Widerstand.

„Ja klar! Immer ich! Immer bin ich alleine schuld. Und wer hat jelacht, wie der Elefant mir an den Busen wollte."

„Du spinnst doch."

Heinz trägt seine Wut über die verbeulte Tür direkt ins Büro des Safariparks. Dort holt man den Geschäftsführer. Der weist darauf hin, dass überall Schilder angebracht sind, auf denen deutlich steht: FENSTER GESCHLOSSEN

HALTEN / FÜTTERN VERBOTEN.

Heinz wird ausfallend und droht mit einer Klage.

„Wie Sie wollen", entgegnet der Geschäftsführer kühl und will die Adresse des Ehepaares wegen der Gegenklage: Mißachtung der Parkregeln. Heinz läuft puterrot an. Hilde zieht ihn aus dem Büro, bevor er dort etwas zerschlägt.

„Komm jetzt, Heinz."

Heinz braucht drei große Bier und ein paar Kurze, um wieder runterzukommen. Dass Hilde fährt, kommt für ihn trotzdem nicht in Frage.

„Du hast jenug Schaden anjerichtet", fährt er sie an, als sie den Autoschlüssel will.

Hilde straft ihn mit erbittertem Schweigen. Als er das Radio anmacht, macht sie es wieder aus.

„Jetzt tu auch noch so, als wär alles meine Schuld!" raunzt er.

„Paß lieber auf den Verkehr auf."

Kilometer um Kilometer dickes Schweigen. Dann ein plötzlicher Rückstau. Heinz legt eine Vollbremsung hin und kommt ein paar Zentimeter vor der Stoßstange des letzten Wagens zum Stehen.

„Da! Kannste mal sehen, was ich noch für ne Reaktion hab! Gut dass Du nicht jefahren bist."

Hilde schweigt.

Er steigt aus, um zu gucken, was da los ist. Dann sieht er es. Der Grund für den Stau ist eine Polizeikontrolle.

„Komm, wir tauschen mal die Plätze. Vorsicht ist die Mutter von der Porzellankiste."

Aber Hilde bleibt sitzen und sieht ihn finster an.

„Wat is denn, Hildelein?"

Doch da kommen die Polizisten schon.

„Fahrzeugpapiere bitte."

Heinz sieht in seiner Brieftasche nach. Da ist nur der Führerschein.

„Die Papiere sind noch in der Klappe. Hilde hol die mal raus."

Hilde reicht die Papiere rüber.

„Das Auto ist nämlich neu", erklärt Heinz und paßt auf, dass er dem Polizisten beim Reden nicht ins Gesicht bläst.

„Neu? Und dann schon so ne Beule, das ist aber Pech", sagt der zweite Polizist, der um das Auto herumgeht.

„Wie haben Sie das denn geschafft?"

„Ach das, das war ein Elefant."

„Ein weißer, wie?" Die Polizisten lachen.

„Nee, ein ganz normaler grauer."

„Soso, ein ganz normaler grauer Elefant. - Haben Sie was getrunken?"

„Nee."

„Hauchen Sie mich mal an."

„Na ja, also ein Bierchen. Hilde, du kannst dat bezeugen, dat war nur ein Bier."

Aber Hilde guckt aus dem Fenster, als ginge sie das alles gar nichts an.

„Also hören Sie", versucht Heinz sich zu retten, „wenn meine Reaktion nicht eins A wäre, dann wär ich dem vor mir doch hintendrauf jefahren. Hier ist ja überhaupt keine Sicht in der Kurve. Dat is ja jefährlich!"

„Wollen Sie uns etwa sagen, wo wir unsere Kontrolle einrichten sollen?"

„Nein. Natürlich nicht, ich wollte doch bloß…"

„Schon gut. - Und die Tür da, die hat ein Elefant eingetreten."

Die beiden Polizisten sehen sich an.

„Bitte mitkommen."

Hilde beobachtet schadenfroh, wie ihr Mann in den Alkoholtester blasen muss.

Die Polizisten behalten seinen Führerschein ein und begleiten ihn zurück zum Auto.

„Können Sie fahren?" wenden sie sich an Hilde.

„Natürlich." Sie zückt ihren Ausweis.

„Dann wechseln Sie mal die Plätze."

„Und wann krieg ich meinen Lappen zurück?" murrt Heinz.

„In vier Wochen - wenn Sie Glück haben."

Hilde nimmt schwungvoll die Auffahrt zur Autobahn. „Du darfst die Musik aussuchen", sagt sie großzügig. „Das ist Beifahrersache."

Denk mal

Karl schreitet aus, vorbei an diesem kurz rasierten
Grün in Betonrahmung. Alles ordentlich, alles
gepflegt. So wie Renate es mag. Und er selber auch -
früher.

Wie soll er seiner Frau erklären, was er selber nicht
begreift. Als er noch Arbeit hatte, war der Griff zum
Rasenmäher eine willkommene Abwechslung. Er hatte
den Tag geschafft, war wieder zu Hause. Das sollte
jeder hören. Jetzt wo er immer zu Hause ist, möchte er
nur noch weglaufen. Jetzt, wo sein Leben in
Unordnung ist, bedrückt ihn die heimische Ordnung.
Es drängt ihn ins Freie. Aber noch ist er am Ortsrand
von Hagnau, zwischen diesen geleckten Vorgärten und
den Rebstöcken. Da sind sogar die Trauben gefangen
unter blauen Netzen. Karl schnaubt verächtlich. Rotz
hängt aus seiner Nase. Er greift ins Glibberige,
schleudert es auf den Asphalt, lacht. Dann guckt er
sich um wie ein Bub, ob ihn jemand gesehen hat.
Keiner da. Da kann er auch gleich sein Taschentuch
nehmen. Niemand geht freiwillig raus an so einem
Nebeltag. Sonntag noch dazu. Da bleibt man genüßlich
sitzen nach dem Frühstück und liest die Zeitung von
hinten nach vorn, während die Düfte vom Braten
herüberwehen. Wer in der Woche geschafft hat, der
darf am Sonntag sitzen. Das stellt keiner in Frage.

Jetzt, wo er nicht mehr schafft, darf er nicht mehr sitzen. Da soll er die Spülmaschine einräumen und das Gemüse putzen, wenigstens! Da ist das Wuseln der Frau nicht mehr beruhigend, sondern ein Vorwurf. So hat er sich rausgeschlichen, hat wortlos leise die Tür hinter sich ins Schloß gezogen. Soll sie doch mit sich selber diskutieren. Er muss grinsen bei der Vorstellung, wie sie an ihn hin redet und irgendwann merkt, dass keiner mehr da ist, an dem sie sich auslassen kann.

Natürlich wird er bezahlen dafür. Ihr säuerliches Schweigen ist schlimmer als ihre Vorwürfe. Egal. Da vorn ist das unordentliche Haus mit dem Spielzeug unter ausgefransten Buddha-Fahnen, der Endpunkt für den Spaziergang mit Renate. Eine Schande, sagt sie jedesmal und fügt mit Blick auf die regenverquollene Einladung zum Feldenkrais-Training hinzu: Wer da wohl hingeht. Er nickt dann immer und kehrt um, damit keine Diskussion aufkommt über die maroden Holzbohlen beim Abstieg zur Schlucht. Lebensgefährlich! Das Geländer verrottet, auch das eine Schande.

Heute geht er weiter, schlittert über die glitschige Erde und stellt beim Rückblick befriedigt fest, dass er drei Stufen eingeebnet hat. Ha! macht er, sticht mit der Faust in die Luft und entläßt einen Rülpser. Als Antwort erhebt sich ein Bussard aus dem Gebüsch, verschwindet hinter den Bäumen.

Vogelflug. Die Römer lasen das Schicksal aus dem Vogelflug.

Schicksal - was einem das Leben so schickt.

Hinter der Holzbrücke geht es bergauf. Dann wieder ein Weinberg, diesmal ohne Netze. Wo abgeerntet ist, darf der Rest in Freiheit vergammeln. Ja, genau! So ist das.

Karls Lachen geht in einen Hustenanfall über.

Wenn er krank wäre, würde Renate ihm heißen Holundersaft ans Bett bringen. Aber er ist nicht krank, nur überflüssig. Wie die braunen Blätter, die da rascheln im Wind, als hätten sie noch was zu sagen. Bald segeln sie zu Boden, werden Matsch. „Im Herbst da fallen die Blätter. Donnerwetter. Und im Frühling dann - sind sie wieder dran." Ha ha.

Der Nebel wird dichter. Karl passiert das Hinweisschild zu einer Suchtpraxis. Wer dahin geht, ist auch aus dem Leben gefallen. Aber die sind selber schuld.

Er hat immer ordentlich gearbeitet und sie haben ihn trotzdem aussortiert, mit dreiundfünfzig.

Siebenundachtzig Bewerbungen hat er geschrieben. Die achtundachtzigste hat er in winzige Stücke gerissen und die Toilette hinuntergespült.

Zwei Krähen fliegen hoch zum Kreuz. Monumental ragt es über den Soldatenfriedhof. Die Reben davor in

Reih und Glied wie Soldaten einer Weinparade. Wer als Soldat stirbt, ist ein Held. Man setzt ihm ein Denkmal.

„Schluss jetzt!"
Karl dreht sich unwillkürlich um. Niemand da. Hört er jetzt schon Stimmen?
„Helden! Geh mir bloß weg mit Helden!"
Der Großvater. - So ein lieber Mensch. Aber bei dem Thema wurde er fuchsteufelwild. Er war zwölf, als die Züge mit singenden Soldaten an ihm vorbeifuhren, 1914, in den großen Krieg. Der Junge beneidete die Uniformierten, war wütend, dass er noch nicht mit durfte. Und dann kamen die Züge zurück, nur wenige Wochen später. Da sang keiner mehr. Da wurde geschrien und gewimmert. Kopfverbände, rot von Blut, zerfetzte Uniformen, keine Beine mehr unter dem Stoff. Die überlebten, wurden Bettler an Krücken, Versehrte auf Rollbrettern. Das hatte dem Großvater jegliches Heldentum auf ewig vermiest. Doch kaum hatte er eine Frau geheiratet, das erste Kind gezeugt und ein Haus gebaut, da rüstete dieser Verbrecher, dieser Schnurrbartträger, dieser Gröfaz, dieser größte Feldherr aller Zeiten schon wieder zum Krieg und ließ dieses Ding da oben bauen. Diese monströse Totenburg mit Blick über den Bodensee. Die Leute sollten wieder ans ans Heldentum glauben und damit ging der ganze Schlamassel von neuem los.

„Schon gut" sagt Karl und winkt in die Wolken. „Verstanden - Ende!"

1941 war der Großvater eingezogen worden. Er wurde Funker, Funker in der Etappe. Seinen ganzen Ehrgeiz setzte er darein, im Hintergrund zu bleiben. Er war kein Held. Kein Held des Widerstands, aber auch kein Kriegsheld. Nur das Funkerdeutsch war ihm in Fleisch und Blut übergegangen. Auch später im Frieden telefonierte er so, als würde er Meldung machen, kurz und knapp, auf das Wesentliche konzentriert. Und dann ein markiges „Ende!" oder „over". Auf die Amis ließ er nichts kommen. Die hatten ihn anständig behandelt in der Gefangenschaft. Sollten die Nachbarn ruhig über die „Negermusik" schimpfen, er räumte einen Teil seiner Garage frei, damit Karl und seine Kumpels dort ihren „Jatz" machen konnten. Manchmal hörte er zu und machte beim Rausgehen ein paar Tanzschritte. So war er.

Nur wenn es um den Soldatenfriedhof ging, da kannte er keinen Spaß.

„Verlogener Mist" schimpfte er, als das Mahnmal renoviert werden sollte.

„Blödsinnige Geldverschwendung! Sollen sie doch froh sein, dass es zu gewuchert ist, dieses verdammte Monstrum!" Das war in den Sechzigern und das einzige Mal, dass der Großvater sich politisch engagiert hat. Ohne Erfolg. Die Bauarbeiten waren das Ende der

Brombeeren. Seit er laufen konnte, hat Karl mit dem Opa dort oben Brombeeren gesammelt, in einer nierenförmigen Blechbüchse.

„Für die eiserne Ration", erklärte der Großvater und hörte gar nicht mehr auf zu lachen, als der kleine Karl die Büchse um und um drehte auf der Suche nach dem Eisen. Manchmal waren die Großen sonderbar. Die Oma auch. Als Karl wissen wollte, warum ihr Salatsieb so einen komischen Rand hatte, wurde sie grob.

„Pass bloß auf, dass du nicht komisch bist!"

Irgendwie hat Karl aber doch rausgekriegt, dass das Sieb ein alter Helm war, in den man Löcher gestanzt hatte.

„Scheußlich!" lautete das Urteil des Großvaters, als das umgestaltete Mahnmal als Gedenkstätte neu eröffnet wurde. Damit war klar, dass man dort nicht mehr hingehen konnte. Erst jetzt fällt Karl auf, dass er sich ein Leben lang daran gehalten hat. Er war tatsächlich nie mehr dort oben gewesen. Doch jetzt geht er darauf zu. Er will es sich ansehen. Es ist keine germanische Totenburg mehr. Von den gewaltigen Mauern sind nur die unteren Quader geblieben, eine Art Einfriedung. Ein junger Mann mit Kopfhörern nutzt sie, um seinen Hund zu trainieren. Er jagt ihn rauf und runter, rauf und runter, ohne laute Befehle, nur mit präzisen Gesten. Der Hund gehorcht. Karl ist fasziniert.

Renate mag keine Hunde. Renate mag auch keine Männer mit Piercings. Karl eigentlich auch nicht. Aber wie der da mit seinem Hund umgeht, das beeindruckt ihn. Er sieht ihm zu, bis der Mann ihn bemerkt. Da wendet Karl sich ab, geht weiter durch das schmiedeeiserne Tor ein paar Stufen hinunter. Die Namenstafeln für die neunundsechzig toten Soldaten aus dem ersten Weltkrieg sind blank geputzt. Zur Zeit der Brombeeren waren sie überwuchert und vermoost. Jetzt kann er die Namen lesen. Karl setzt seine Füße sorgsam zwischen die Grabplatten. Als wäre noch etwas übrig von den Toten. Schon damals waren es nur noch Gebeine, die ausgegraben wurden in St. Gallen. Die Totenruhe endet bei den Schweizern nach zwanzig Jahren, die Gräber sollten neu belegt werden. Da hat der Hitler die Soldatenreste heim ins Reich geholt. Mit Pomp und Fackelzug. 1938 war das. Sie wurden mit einem Totenschiff über den Bodensee fahren. Große Inszenierung.

Der neue Krieg war schon geplant. Und Georg Elser hat ihn nicht verhindern können. Der Elser, das war einer, den hat der Großvater bewundert. Mutterseelenallein hat er ein ganzes Jahr lang daran gearbeitet, den Hitler umzubringen. Und dann dieses Pech. Nur weil Nebel war und der Hitler nicht nach Berlin fliegen konnte, sondern die Bahn nehmen mußte, ist er früher weggegangen. So explodierte die

Bombe genau dreizehn Minuten zu spät. Und die Nazis, die sonst nichts am Hut hatten mit der Kirche, die haben von Vorsehung geschwafelt, und weiter gebastelt an ihrer Endlösung.

Hat nicht geklappt. Man kann das Leben nicht töten. Das Leben endet nicht. Es nimmt nur neue Formen an, immer wieder. Möglich, dass es irgendwann gar keine Menschen mehr kennt. Aber auch dann endet es nicht. Karl betrachtet die Buchstaben an den Seitenwänden, lauter Ländernamen, eine nicht enden wollende Liste von Ägypten über Uruguay bis zu den Vereinigten Staaten von Amerika. Überall dort sind deutsche Soldaten gestorben. Was wollten die da? Aber vielleicht wollten sie ja gar nicht. So wenig wie der Vater von Karl. Der ist im Afrikafeldzug gewesen. Der wollte später nicht mehr verreisen, nicht mal bis Italien. Bleibe im Lande und nähre dich redlich. Das war sein Spruch.

Karl ist im Land geblieben. Und was hat er nun davon? Zeit, über Soldatenfriedhöfe zu stolpern und sich müßige Gedanken zu machen. Plötzlich lesen sich die Ländernamen wie Vorboten der Globalisierung. Auch eine Art Krieg. Wieso gibt es nur Gedenkstätten für Kriegsopfer und keine für Wirtschaftsopfer? Wahrscheinlich weil Geld banal ist, und der Tod ewig. Aber ohne Geld läuft nichts, nicht mal Heldenverehrung.

„Eine Million Reichsmark haben sie ausgegeben für ihre Scheißtotenburg! Das muß man sich mal vorstellen. Die haben noch weitergebaut, da sind schon Bomben gefallen!" Karl wundert sich, wie lebendig die Stimme des Großvaters in ihm ist.

Und die Pfaffen haben immer alles abgesegnet. Ihr Riesenkreuz kann man jetzt bis in die Schweiz sehen, so wie damals die Totenburg. Karl tritt gegen eine Spitze der gusseisernen Dornenkrone, die am Fuß des Kreuzes liegt.

Ins Wolkengrau ist Bewegung gekommen. Ein Lichtstrahl bricht durch, malt einen silbernen Fleck auf dem See, gleißend. Nur weg hier.

Außerhalb der Einfriedung ist eine Tafel angebracht, eine Tafel mit Löchern. Das mit den Löchern ist clever, denkt Karl, da kann der Wind pfeifen wie er will. Damals, als sie protestiert haben gegen die Werksschließung, da hat er mit seinem Transparent gekämpft. Das war sperrig, im Wind kaum zu halten. Bis der alte Sozi kam. Der schnitt Löcher rein, damit die Luft durch konnte.

„Beste Weinsicht 2010" steht auf der Tafel. Seit wann hat der Wein eine Sicht? Blödsinn. Karl geht zum Ausgang.

Als er nochmal zurücksieht, erkennt er, dass die Löcher eine Traube darstellen. Ein Weindenkmal neben dem Todesdenkmal. Vielleicht doch nicht so blöd.

Der Großvater hat seinen abendlichen Schoppen geliebt. Karl hat ihm die Zunge mit einem Wattestäbchen benetzt, als er nicht mehr trinken konnte.

„Es gibt nur das Leben, denk dran." Das waren die letzten Worte, die er vom Großvater gehört hat, rauh und kaum zu verstehen.

Es gibt nur das Leben.

Der Gepiercte trainiert immer noch mit seinem Hund. Karl nimmt sich vor, mal ins Tierheim zu gehen. Vielleicht wartet da ein Hund auf ihn. Egal was Renate meint.

Karl beschleunigt seine Schritte.

Fortschritt

Ich liebe mein Telefon.

Statt im Stau zu stehen, lege ich die Beine hoch, sehe aus dem Fenster und bin trotzdem in Kontakt mit der Welt. Ich weiß, die Menschen telefonieren inzwischen überall, in der Bahn, in der Warteschlange vor der Kasse, egal wer gerade mithört. Aber ich bin da etwas altmodisch. Ich liebe die Intimität eines Gesprächs. Deshalb telefoniere ich am liebsten mit Strippe von meinem Sessel aus. Übrigens liebe ich mein Festnetz noch aus einem anderen Grund. Ich muß dann nicht in diesen unsichtbaren Strahlen sitzen. Man weiß ja nie...

Also ich gehöre da nicht zu den Fundis, auf mein Navi möchte ich nicht verzichten, und ich habe auch ein Handy, für den Notfall. Aber wann immer es geht, benutze ich mein gutes altes Festnetztelefon. Es hat seine eigene Dose und ist auf geheimnisvolle Weise unabhängig von etwaigen Kurzschlüssen und Stromausfällen. Das heißt, so war es, bis zu meinem Umzug.

Nun habe ich ein modernes IP-Telefon, nicht aus Übermut, nicht freiwillig. Ich muss nicht immer das Neueste haben. Ich wäre durchaus zufrieden gewesen mit meinem alten Telefon. Eine neue Nummer dafür hatte ich rechtzeitig beantragt. Zum Umzugstermin würde sie freigeschaltet werden. In der neuen

Wohnung müsste ich dann nur noch das Kabel in die Dose stecken und alles würde wieder funktionieren. So kannte ich es.

Aber diesmal ist es anders. Ich bin in einen Neubau gezogen. Dort gibt es keine alte Telefondose und in die neue paßt mein Telefonstecker nicht.
Auf meine Rückfrage beim Vermieter bekomme ich die Nummer des Elektronik-Ingenieurs, der den Bau betreut hat. Von dem erfahre ich, dass es in Neubauten nur noch IP-Telefonie gibt. Das sei jetzt Standard. Der funktioniere allerdings nur mit einem IP-fähigen Telefon.

Nun ja, ein Umzug ist ohnehin teuer. Darauf kommt es nun auch nicht mehr an. Im Telefonladen suche ich mir ein schönes IP-Telefon aus. Schwarz-silbern, alles, was mein Herz nicht begehrt. Für mein mitgebrachtes altes Telefon ernte ich ein nachsichtiges Lächeln und die Frage, ob man es entsorgen solle.
„Nein!"
Ich raffe es an mich. Mein Telefon hat mir so viele Jahre gute Dienste geleistet, es kann Nummern speichern, Anrufe beantworten, und es ist voll funktionsfähig!!! Ich versenke es in meiner Einkaufstasche und sehe in den Augen der Verkäuferin was ich bin: Eine komische Alte.

Drei Monate später tritt mein altmodisches Telefon die Reise nach Rumänien an, zusammen mit anderen Hilfsgütern, die man dort noch zu schätzen weiß.

Nun habe ich also ein IP-Telefon. Es läuft über denselben Router wie mein Internetanschluss - wenn es denn läuft. Am Anfang habe ich Fehler gemacht. Ich habe nach getaner Arbeit nicht nur meinen Computer, sondern auch den Router ausgeschaltet. Da war dann leider auch mein Telefon aus.
Aber ich habe nicht gleich aufgegeben. Ich habe meinen Stolz darein gesetzt, die Technik zu überlisten. Ich habe das Netzkabel am Computer ausgesteckt und die W-Lan Funktion am Router manuell ausgeschaltet. So war mein Telefon an und der Computer vom Netz.

Zugegeben, ich bin da ein bißchen schrullig. Andere sind ja problemlos rund um die Uhr online und machen sich keine Gedanken darüber. Aber mir ist unwohl bei der Vorstellung, dass sich, während ich schlafe, alle möglichen Leute in meinen Computer einwählen. Ich habe sogar schon mal überlegt, mich wegen dieser Ängste in eine Schnell-Therapie zu begeben. Nach den Enthüllungen von Edward Snowden habe ich den Gedanken allerdings wieder fallen gelassen.

Obwohl ich nun weiß, dass meine Ängste eine gewisse Berechtigung haben, ist seit dem Umzug auch mein Telefon online. Das erleichtert es diesen Internetfischern ganz ungemein. Jetzt können sie alle meine Telefonate ganz unkompliziert zusammen mit meinen Mails in Nullen und Einsen verwandeln und diesen Algorithmen unterwerfen.

Manchmal ertappe ich mich bei nostalgischen Gefühlen für das Spitzelsystem der DDR. Da ging es doch noch vergleichsweise menschlich zu. Ich muß da immer an Ulrich Mühe denken, der „Das Leben der anderen" mit seinen traurigen Augen so einfühlsam verfolgte.

Diese seelenlosen Maschinen scannen einfach alles. Die Algorithmen werfen ihre Netze aus und fangen verdächtige Muster ein, oder verdächtige Formulierungen. So genau weiß ich das nicht. Und ich weiß auch nicht, mit welchen Worten ich mich verdächtig mache, welche Formulierungen von der NSA oder andern Geheimdiensten gerade als subversiv eingestuft werden. Deshalb kann ich sie gar nicht vermeiden.

Aber selbst wenn ich es könnte, es wäre mir zu mühsam. Ich werde niemals in der Lage sein, meine Worte so gut nachzuhalten wie eine Maschine, ganz egal wie sehr ich mein Bewusstsein schule. Da bräuchte ich Hilfe.

Wahrscheinlich wird bald jemand ein Programm dafür erfinden. Jede Marktlücke wird ja rasch besetzt.

Bestimmt gibt es bald auch eine modifizierte Version von Google alert. Bei der erfahre ich dann nicht, in welchen Zeitungen mein Name genannt wurde, sondern mit welchem Verdächtigungsgrad meine Datensätze gerade gehandelt werden.

Und was nützt es mir, wenn ich das weiß?

Ich fühle mich ausgeliefert, ohnmächtig.

Da das ein Zustand ist, den ich hasse, unterschreibe ich eine online-Petition zum Schutz vor digitaler Überwachung. Erst als ich auf SENDEN geklickt habe, wird mir klar, dass Petitionen im Internet natürlich zuallererst gespeichert werden. Legt man meine Unterschriften von verschiedenen Petitionen übereinander, läßt sich ganz unkompliziert meine Grundgesinnung ablesen. Dann müssen nur noch zwei bis drei verdächtige Dinge hinzukommen, und ich gerate ins Visier.

Eigentlich schade, dass Ende der Neunzigerjahre der Minister für Post und Telekommunikation eingespart wurde. Warum eigentlich? Damals zeichnete sich doch schon ab, dass das Internet und somit eine Netzpolitik immer wichtiger wird.

Zurück in die Niederungen meines Alltags. Widerwillig habe ich also gelernt, dass ich meinen Router nicht abschalten darf, nie. Noch nicht einmal, wenn ich verreist bin, und weder mein häusliches Internet noch mein Festnetz nutze. Denn wenn ich den Router abschalte, ist mein Telefon tot. Potentielle Einbrecher hören die Ansage „Dieser Anschluss ist vorübergehend nicht erreichbar". Ich fürchte, sie können das als Einladung auffassen. So bleibt mein Router nun auch bei längeren Abwesenheiten angeschaltet.

Normalerweise versuche ich ja, auf meinen Energieverbrauch zu achten. Ich habe mir einen Kühlschrank der Klasse A plus zugelegt und begriffen, dass auch Kriechströme und Kontroll-Lampen Energiefresser sind. Aber die Lämpchen vom Router müssen leuchten. Das ewige Licht in meinem Wohnzimmer.

Leider garantiert es nicht, dass mein Telefon auch tatsächlich funktioniert. Denn die neue Technologie ist äußerst störanfällig. Immer wieder bricht mein Telefonat mitten im Gespräch ab. Ein Blick auf meinen Router zeigt mir dann: drei der fünf Kontroll-Lampen sind dunkel, nur eine ist hell, eine flackert.

Dann habe ich die Wahl: per Handy Kontakt mit der ziemlich kalten Hotline der Störungsstelle aufnehmen, viele Minuten Musik und Computer-Ansagen in der Warteschleife über mich ergehen lassen, oder eine Suppe kochen in der Hoffnung, dass das Telefon danach wieder geht.

Neulich hat mir ein Freund noch eine dritte Möglichkeit verraten: Den Stecker ziehen, eine Minute warten und dann wieder einstecken. Manchmal hat man Glück, und das System, das sich „aufgehangen" hat, regeneriert sich.

Diesmal habe ich Pech. Suppe brauche ich keine, ich bin zum Essen eingeladen. Also doch Warteschleife. Als ich endlich einen Menschen als Gesprächspartner habe, frage ich ihn, ob es nicht doch möglich sei, wieder auf einen analogen Anschluss umzustellen.

„Nein, leider nicht."

Ich weise auf die häufigen Störungen hin und bekomme zur Antwort, das seien Kinderkrankheiten. Man arbeite daran. Die Zukunft sei nun mal die IP-Telefonie. Zweitausendachtzehn werde es gar keine analogen Telefone mehr geben. Ich werde ungehalten und schimpfe über den Unsinn, eine funktionierende

Technologie zugunsten einer äußerst anfälligen aufzugeben.

Der Telekom-Mitarbeiter ist gut geschult. Er weiß, wie man Nörgler und Querulanten mit eiserner Freundlichkeit ausbremst. Höflich beantwortet er auch meine nächste Frage, was denn bei einer so unsicheren Technik mit den Notruftelefonen sei.

Ich erfahre, dass die Notruftelefone derzeit noch über herkömmliche Kupferleitungen laufen. Das solle sich aber ändern. Man wolle auch dort Leitungen sparen, allerdings erst, wenn die Technologie ausgereift sei.

Inzwischen ist meine Leitung überprüft worden. Es sei alles in Ordnung, verkündet der freundliche Herr. Tatsächlich, alle fünf Lämpchen strahlen. Ich komme mir vor wie ein Simulant.

Immerhin weiß ich jetzt von offizieller Stelle, dass mein modernes Telefon mit einer noch nicht ganz ausgereiften Technologie kämpft. Das kenne ich von Computerprogrammen. Die unterliegen auch dem Prinzip Banane, beim Anwender reifen lassen.

In den Nachrichten wird ein neues Sturmtief angekündigt. Meine Gedanken rennen: Ein Sturm. Da fallen schon mal Bäume und Hochspannungsmasten um. Neulich hat ein abgebrochener Ast das Dach bei meinem Bruder durchbrochen. Er lag eingeklemmt unter dem Ding. Das war übel, aber wenigstens konnte seine Frau die Feuerwehr alarmieren. Sie haben nämlich noch ein altes Telefon.

Dass die Feuerwehr über alte Leitungen zu erreichen ist, würde mir persönlich ja nichts nützen. Mein eigenes Telefon wäre tot. Und die Handynetze wären wegen Überlastung zusammengebrochen. Das weiß man seit dem Münchener Stromausfall. Da funktionierte nichts mehr, außer den Uralt-Telefonen. Deren Kupferkabel waren unabhängig von der öffentlichen Stromversorgung.

Die Erderwärmung sorgt zunehmend für häufige und heftige Orkane. Stromausfälle werden immer wahrscheinlicher. Bei nächster Gelegenheit werde ich mich ganz unverfänglich bei meinen Nachbarn im Altbau erkundigen, wer von ihnen noch eines dieser uncoolen Telefone von gestern hat.

Flirt

Das Auto summt. Nur noch zwanzig Kilometer bis zum Berliner Ring. Gitte gibt „Mobi" einen freundlichen Klaps. Vierzehn Jahre hat sie das Auto nun schon. Eigentlich war sie gegen einen Zweitwagen, aus ökologischen Gründen. Sie benutzte ein Fahrrad mit Anhänger, obwohl der Kindergarten für die Zwillinge auf dem Berg lag. Verdammt gut trainiert war sie damals.

Sie lächelt in Gedanken daran.

Aber dann kam dieser Winter, in dem es immer schneite, die Erkältungen, ihr neuer Job. Und schließlich wurde Mobi angeschafft. Mobi mit Heckklappe für Buggys und Dreiräder, Einräder, Musikinstrumente, Schlafsäcke.

Nun sind die Kinder so groß, dass sie allein zum Campen nach Frankreich sind. Erich, ihr Mann, liegt im Krankenhaus und sie selber hat vier kostbare Wochen vor sich - ganz für sich allein. Ein Himmelsgeschenk, dieses Stipendium. Sowieso, aber nun, angesichts der neuen Ereignisse umso mehr.

Gitte hat ein schmales Lyrikbändchen veröffentlicht, und es gibt tatsächlich Leute, die an sie glauben, die das Schreiben von Brigitte Meier-Rast mit einem kostenlosen Aufenthalt in einer Villa am Wannsee honorieren.

Achtung, da kommen Schilder. Sie muss aufpassen, dass sie den Abzweig nach Berlin Zehlendorf nicht verpaßt. Sie fährt ohne Navi. Die Wege zu Hause sind ihr bekannt und für Reisen gibt es den großen Wagen. Gitte hätte ihn nehmen können. Aber Mobi ist ihr vertraut, gibt ihr ein Gefühl von Unabhängigkeit. Und das braucht sie, gerade jetzt.

Wie nervös Erich war, als sie ihn gestern besuchte. Er hatte sie wohl früher erwartet. Aber sie dachte, es kommt nicht darauf an, er liegt ja eh im Bett. An andere Besucherinnen hat sie nicht gedacht. Erst als sein unruhiger Blick immer wieder an ihr vorbei ging, zur Türe, da wurde sie mißtrauisch, hat ihn gefragt, ob er jemand erwarte. Er hat es geleugnet, aber seine Hände flatterten auf der Decke. Beinahe tat er ihr leid. „Schöne Blumen" hat sie gesagt, „von wem?"
Er murmelte etwas von netten Kollegen und sie beschloss, vorzeitig zu gehen. Nicht ohne ihn noch ein letztes Mal zu fragen, ob er sie auch wirklich nicht brauche. Sie könne gern eine Woche später fahren.
„Das ist doch geklärt! Die Kasse zahlt den Transport in die Reha. Sonst bin ich gar nicht versichert!"
Seine Vehemenz machte sie sprachlos. Ein unangenehmes Schweigen kam auf. Erich versuchte den Eindruck zu verwischen, beschwor die einmalige Chance, die der Berlin-Aufenthalt für Gitte bedeute.

Sie hat ihn zum Abschied geküßt - wie immer.

Im Gang kam ihr eine eilige Frau entgegen. Eine, die offenbar schon wußte, welches Patientenzimmer sie ansteuerte. Bleistiftrock und High Heels, so sahen Geliebte doch aus, oder? Gitte hätte sich umdrehen können, um zu sehen, welche Tür zu welchem Krankenzimmer die Frau öffnete, aber Gittes Kopf war wie festgezurrt, fixiert auf die Anzeige des Aufzugs.

Wahrscheinlich wollte sie gar nicht wissen, wie die Frau aussah, die unter Erich lag, oder auf ihm, als ihn der Herzinfarkt erwischte. Mitten in der Konferenz sei es passiert, hatte Erich erklärt. Und was für ein Glück er gehabt habe, dass er nicht allein gewesen sei. Gitte sieht sein Gesicht noch vor sich. Er war so angetan von seiner Schläue, dass ihr einer seiner Sprüche in den Sinn kam: Es lügt sich am besten, wenn man dicht an der Wahrheit bleibt.

Als Erich außer Lebensgefahr war, ist Gitte zu den Rettungssanitätern gefahren, mit einem Kistchen Sekt. Offiziell um sich zu bedanken, inoffiziell um zu erfahren, wo sie ihn abgeholt haben. Sie hat sich das Hotel angesehen. Es war keines mit Konferenzmodalitäten. Sie hat nicht mit ihm darüber gesprochen. Ist Schweigen auch Lüge?

Sandwerder.

Der Straßenname ist so schön wie der Anblick der spitzgiebelig verspielten Architektur unter alten Bäumen. Verschlafen sonntägliche Stille umfängt Gitte, als sie aussteigt. Es summt in den Glyzinienranken über warmen Ziegeln. Die Stufen zum Eingangsportal sind ausgetreten. Die Zeitungsröhre sieht so verwunschen aus, dass Gitte sich überwinden muss, hineinzufassen.

Wie versprochen klebt an der Innenseite ein Schlüssel.

Dunkle Holzvertäfelung, das Parkett knarrt. Links ein Raum mit Bestuhlung, geradeaus eine Veranda. Die wird sie später erkunden. Hinter der Treppe ist eine Küche. Stumm blinkt ein Topf auf der Ablage. Sie öffnet den Schrank. Geschirr. Da wird sie sich nachher einen Teller und Besteck holen.

Ihr Zimmer ist im zweiten Stock. Verwinkelt, ein weiß bezogenes Bett. Weiß wie im Krankenhaus. Gut, dass sie die Überdecke mitgenommen hat. Ein Schreibtisch, Kühlschrank und ein kleines Bad - ihr Reich. Sie öffnet das Fenster. In der Ferne rumpelt die S-Bahn. Die Müdigkeit von der Fahrt holt Gitte ein. Aber das Wetter ist zu schön, um sich hinzulegen. Das Strandbad Wannsee lockt. Ihre Badetasche ist im Sommer immer griffbereit im Auto.

Gitte wendet sich auf gut Glück nach links. Kleine Pflastersteine auf sandigem Weg. Wurzeln haben sie angehoben, Hügel und Täler geformt. In der Ferne, zwischen rötlichen Kieferstämmen sieht Gitte Familien mit großen Taschen. Die Richtung scheint zu stimmen.

„Pack die Badehose ein, nimm dein kleines Schwesterlein und dann nüscht wie raus nach Wannsee". Unwillkürlich summt sie die Melodie. Sie wird schwimmen und dann eine Weiße trinken, mit Schuß, ganz so als sei sie hier zu Hause. Sie *ist* hier zu Hause, zumindest für die nächsten Wochen.

Vielleicht hat sie gar kein anderes zu Hause mehr. Sie schüttelt den Kopf. Darüber wird sie ein andermal nachdenken, nicht heute. Sie bezahlt den Eintritt und staunt über die gigantische Anlage. Naziarchitektur, Kraft durch Freude. Sie macht ein paar Fotos, schickt sie nach alter Gewohnheit an Erich. Erst als sie auf SENDEN getippt hat, stutzt sie. Egal.

Weißer Sand. Sie zieht die Schuhe aus, spielt mit den Zehen darin. Sie könnte einen Strandkorb mieten, ganz für sich alleine. Niemand, der ihn ihr streitig macht, kein Gezerre, keine Enge, was für ein Luxus. Aber nicht heute. Sie muss ja noch auspacken. Das Wasser ist warm und voller Schlieren. Sie kommt grün wieder heraus. Die Algen blühen.

Als Gitte zurückkommt in die Villa, ist sie belebt. Gesprächsfetzen dringen aus der Küche. Keine

Geisterstunde mehr über Edelstahltöpfen. Jetzt wird hier gekocht, geredet, gelacht. Es duftet nach Kräutern der Provence, nach Braten und nach Lebensart. Neugierig sieht Gitte um die Ecke, sagt ein schüchternes Hallo, sie sei gerade angekommen, wolle nur einen Teller holen.

„Das Essen ist gleich fertig, wir haben nur auf Sie gewartet."

Ein großer Mann mit Handtuch vorm Bauch drückt ihr ein Glas in die Hand, gießt Weißwein ein: Pouilly Fumé. Den Wein kennt Gitte. Damit hat Erich seine erste Beförderung gefeiert.

„Wir haben gerade darüber geredet, dass noch eine schöne Frau in der Runde fehlt".

Gitte lacht.

„Also? Tomaten und Bohnen sind frisch aus Werder."

Das Unvorhergesehene beschwingt.

„Schon überredet", sagt Gitte. Allerdings müsse sie vorher nochmal aufs Zimmer.

„In zehn Minuten?"

„In zehn Minuten."

Das Kaninchen in Sahnesauce hält, was sein Duft versprach, und der Koch beflirtet Gitte mit blitzenden Augen. Stadtplaner ist er, Australier.

„Was bitte macht ein australischer Stadtplaner in einer Berliner Literaturvilla?"

„Eine Wohnung suchen."

„Bekommt man dafür auch ein Stipendium?"

„Wenn Sie mir eins geben."

Er heißt Piet mit i-e. Er ist an der Elbmündung aufgewachsen.

Und da hat er so gut kochen gelernt?

Nein, das war in Frankreich.

Natürlich, wo sonst.

Gitte lässt einfließen, dass ihre Zwillinge gerade in Frankreich campen. Da verblüfft Piet die Runde mit der Aussage, glücklich verheiratete Frauen seien die besten Partner für eine Affäre.

„Leider gibt es so wenig glückliche Ehen", schiebt er nach und grinst Beifall heischend.

Da lachen alle, der zurückhaltende Schweizer Autor ebenso wie das Paar, das nicht im Haus wohnt und nicht verheiratet ist - zumindest nicht miteinander. Das hat Gitte einer Bemerkung über die legalen Partner entnommen, die sich gerade anderswo aufhalten.

Die Unterhaltung ist weitergegangen und Gitte denkt an die Frau mit engem Rock. Sie gönnt sich einen weiteren Schluck Wein und betrachtet Piet, diesen weitgereisten Nordländer, der so frivol daher plaudert und ihr anerkennende Blicke schickt. Er hat raspelkurze Haare, leichtes Übergewicht, ein Bär. Als Gitte sich vorstellt, wie er zupacken kann, spürt sie, dass sie rot wird. Das soll keiner sehen. Sie steht auf, geht zum Fenster. Der grasbewachsene Hang zieht sich bis zum See. Die Abendsonne hat das Wasser gefärbt.

„Rotes Wasser, unglaublich!" sagt sie mit dem Rücken zur kleinen Tischgesellschaft.

„Tatsächlich."

Bewundernde Ausrufe. Alle stehen auf und betrachten die Aussicht.

„Feuerwasser", sagt der Schweizer.

„Apropos, wie wäre es mit einem Grappa?" Das ist natürlich Piet.

Gitte wendet sich dem Sprücheklopfer zu. Alles in allem ist er auch nur eine Variante von Erich, denkt sie und gewinnt ihre Sicherheit zurück. Da kann sie gleich eine provokative Frage in die Runde werfen:

„Wie kommt es eigentlich, dass Menschen, die mehrmals heiraten, fast immer beim selben Typ landen?"

„Ist das so?" Das Paar widerspricht, sieht sich als Gegenbeispiel, anfangs. Dann sieht sie ihn skeptisch an und meint: Bei genauerer Betrachtung habe er schon etwas Ähnlichkeit mit ihrem Mann.

„Na na na na", protestiert er.

Nun meldet sich der Jüngste zu Wort, der bislang wortkarge Schweizer mit den schmalen Lippen. Mit erstaunlicher Bestimmtheit verteidigt er den Wert von Treue. Libertinage sei gestrig. Der Zeitgeist wolle commitment, eine freiwillige Verpflichtung als Gegenpol zur unsicheren Welt.

Piet räuspert sich und bringt leergegessene Schüsseln in die Küche. Das Paar erinnert sich plötzlich daran, dass am nächsten Tag Arbeitstag sei und verabschiedet sich. Piet begleitet die beiden zum Parkplatz.

Gitte und der Schweizer Autor tragen das Geschirr in die Küche. Während sie die Spülmaschine bestückt, schrubbt er die Töpfe und lässt sich über den Zustand der Welt aus. Die Menschen müßten bei sich anfangen. Persönliche Veränderung sei der einzige Weg. Wenn die Menschheit überleben wolle, müsse sie aufhören, immer wieder dieselben Fehler zu machen. Gitte nickt und murmelt ein lahmes Ja. Sie beobachtet, mit welcher Akribie der Schweizer den Bratentopf säubert und erinnert sich daran, dass er nur Gemüse gegessen hat. Nun stülpt er den Topf auf die Ablage und verabschiedet sich höflich.

„Ich hoffe, ich habe Sie nicht gelangweilt."

„Nein gar nicht, absolut nicht. Gute Nacht."

Entschlusslos bleibt Gitte in der Küche zurück. Sie öffnet verschiedene Schranktüren, schiebt ein paar Teller zur Seite, schafft Platz für die abgetrockneten Schüsseln. Alles wieder ordentlich. Nun könnte sie gehen. Aber sie hat sich noch nicht bedankt beim Koch. Einfach so ins Bett zu gehen ohne Verabschiedung, das wäre nicht nett.

Er bleibt lange weg. Offenbar hatte das Paar es doch nicht so eilig. Sie scheinen auf dem Parkplatz in eine neue Diskussion geraten zu sein. Gitte könnte noch die Töpfe abtrocknen. Aber wer trocknet schon Töpfe ab? Das Haus ist still. Den Parkplatz kann sie von der Küche aus nicht einsehen. Wenn sie ehrlich mit sich ist, dann geht es auch gar nicht darum, ob sie nett ist zum Koch oder nicht nett. Es geht darum, dass sie enttäuscht wäre, wenn dieser Abend einfach so endete. Ja, was erwartet sie denn? Was will sie? Doch wohl nicht mit Piet ins Bett gehen? Warum nicht? Es wäre eine hübsche kleine Rache an Erich.

Nachdenklich faltet Gitte das Geschirrtuch und hängt es zum Trocknen über die Herdstange. Vier Wochen sind lang, sagt sie sich resolut, da kommt es nicht auf den ersten Abend an.

Natürlich kommt es auf den ersten Abend an.
Als sie sich erneut begegnen, hat Piet wieder gekocht. Und wieder lädt er sie ein. Das Essen ist so gut wie beim ersten Mal. Aber das Gespräch dreht sich um Fakten und bürokratische Probleme.

Gitte sieht aus dem Fenster. Das Wasser ist grau. Wie ein öder Schatten fällt die Nacht vom Himmel.

Was macht sie bei diesem Arbeitsessen fremder Leute, die sie behandeln, als sei sie Piets Freundin? Da muss sie gleich mal gegensteuern.

„Das abendliche Telefonat mit meinem Mann," entschuldigt sie sich und geht auf ihr Zimmer. Sie wählt Erichs Nummer, obwohl sie gar keine Lust hat, mit ihm zu reden. Warum ruft sie ihn an? Will sie vor sich selber nicht als Lügnerin dastehen?
Erich klingt kurz angebunden.
Ja, er sei angekommen in der Reha.
Gitte hört, dass im Hintergrund ein Stuhl über den Boden schrappt. Offenbar ist er nicht allein.

Warum sie anrufe, will er wissen.
Seine Stimme ist vorsichtig, als taste sie sich über vermintes Gelände.
Ob er etwas von den Zwillingen gehört habe, fragt sie.
Nein, aber das erwarte er auch nicht. Keine Nachricht sei eine gute Nachricht!
Sein Lachen klingt demonstrativ.
„Ja wahrscheinlich. Gute Nacht."
Gitte starrt auf ihr Gesicht in der Spieglung der schwarzen Fensterscheibe. Dann macht sie einen Spaziergang ums Haus. Sie achtet darauf, außer Sichtweite der Verandafenster zu bleiben.

Nach vierzig Minuten geht sie wieder rein und erfährt, dass sie den Nachtisch verpaßt habe. Sie entschuldigt sich, das Gespräch habe länger gedauert. Es sei wichtig gewesen.

Diesmal räumt sie mit Piet zusammen auf. Dabei erfährt sie, dass er seine Familie erwartet. In drei Wochen schon, immer vorausgesetzt, dass er bis dahin eine Wohnung gefunden hat.

Wie konnte sie nur annehmen, dass er Single ist? Viele Ehemänner tragen keinen Ring. Gitte könnte sich ohrfeigen.

„Ja also, dann wünsche ich Ihnen viel Glück bei der Wohnungssuche."

Sie hält Piet die Hand zur Verabschiedung hin.

Er lässt nicht erkennen, ob er gemerkt hat, dass Gitte vom Du wieder zum Sie übergegangen ist.

Er beugt sich über ihre Hand, ganz alte Schule, nur dass der Handkuß etwas zu lang ausfällt und ihre Hand tatsächlich berührt.

Gitte lacht geschmeichelt, wendet sich ab und geht die Treppe hoch. Sie rechnet nicht damit, dass er ihr folgt. Abwehrend dreht sie sich um.

Piet zuckt mit den Schultern, zeigt nach oben.

„Tut mir leid, aber ich wohne da."

Ihre Zimmer liegen vis-a-vis. - Auch das noch.

„Schöne Frau" sagt er von da an jedes Mal, wenn sie sich sehen.

Betrug

Ein riesiger Baum inmitten idyllischer amerikanischer Landschaft. Geräusche einer Sprengung. Hunderte von Vögeln schwirren hoch.

Lea unterbricht ihr Packen, rennt auf die Terrasse und schreit:
„Eddiiiie !!!!"
Fassungslos blickt sie auf eine sich ausbreitende rötliche Sandwolke, als ihr jugendlicher Ehemann ins Schlafzimmer kommt.
„Na Schatz, Koffer fertig?"
„Hast du das nicht gehört? - Die sprengen!!! Die sprengen einfach. Das können die doch nicht machen, jetzt wo der Naturschutz so gut wie durch ist."
Eine neue Explosion.
„Ich muss den Anwalt anrufen."
Sie will aus dem Raum. Er fängt sie ab, schließt sie in seine Arme.
„Du musst jetzt gar nichts mehr. Ich übernehme das. Dein Taxi ist schon da."

„Ich verlasse mich auf Dich", sagt Lea und steigt in das wartende Auto.
„Mach dir keine Sorgen, ich kümmere mich. Und gute Besserung für Deine Mutter."

Eddie küßt seine Fingerspitzen und drückt sie gegen das Fensterglas. Lea wirft ihm einen Luftkuss zurück. Er lächelt und wendet sich um.

Am Eingang des INSTITUTE FOR WILD LIFE AND RESEARCH bleibt er stehen. Von dort aus winkt er ihr nach, bis das Taxi um eine Wegbiegung verschwunden ist.

„Wo soll es denn hingehen?" fragt der Taxifahrer, dessen fülliger Körper mit dem Polster verschweißt zu sein scheint.

„Deutschland", sagt Lea knapp. Sie hat keine Lust auf Small Talk. Aber dann will sie auch nicht, dass der Fahrer glaubt, sie habe etwas gegen Schwarze, deswegen fügt sie hinzu:

„Meine Mutter ist krank."

„Oh, das tut mir leid."

Lea starrt auf die herumirrenden Vögel, als eine neue Explosion die Luft erschüttert und sie davonstieben. In ohnmächtiger Wut beißt Lea die Zähne zusammen.

„Wissen Sie, was da los ist?" fragt der Taxifahrer.

„Ein Verbrechen!!! - Ein Verbrechen ist das, was da los ist! Ein Vogelreservat, wie es kaum noch eins gibt, und jetzt soll hier Bauxit abgebaut werden. Aber damit kommen die nicht durch."

Hektisch wählt sie die gespeicherte Nummer ihres Mannes. Sein strahlendes Bild erscheint auf dem

Display, zusammen mit dem Besetztzeichen. Lea entläßt einen scharfen Zischlaut und boxt mit der Faust in die Polster.

Der Schwarze wirft ihr über den Rückspiegel einen Blick zu. Sie sitzt in höchster Anspannung, starrt aus dem Fenster, sieht, wie sich die Explosionswolke senkt und geborstene Stämme sichtbar werden.

„Diese Schweine!"

Der Schwarze grinst mitfühlend.

Erste Vögel kommen zurück und kreisen orientierungslos über dem, was noch vor kurzem ein prächtiger Baum war.

„Da, sehen Sie! Die suchen ihre Nester. - Noch dazu in der Brutzeit!!! Der Schaden ist gar nicht mehr gut zu machen."

Lea vergräbt ihr Gesicht in den Händen. Da wird sie auf Grund einer plötzlichen Bremsung nach vorn geschleudert. Ein Bulldozer kreuzt die Sandpiste.

„Tja" meint der Taxifahrer und wiegt seinen Kopf, „die das Geld haben, haben das Geld."

Lea geht durch den deutschen Zoll, schaltet ihr Handy ein und ruft die Klinik an, in der Ihre Mutter liegt. Doch die Dame am Empfang kann Lea nicht verbinden. Sie findet keine Patientin mit dem Namen ihrer Mutter.

Lea bleibt so abrupt stehen, dass der Mann, der hinter ihr geht, sie rempelt. Sie nimmt weder ihn, noch seinen vorwurfsvollen Blick wahr. Sie ist ganz auf das Telefon konzentriert.

„Das kann nicht sein, bitte sehen sie noch einmal nach."

Lea trommelt mit den Fingern gegen die Wand. Ist sie zu spät gekommen? Wird ihre Mutter nicht gefunden, weil sie schon gestorben ist? Ist das Zimmer bereits geräumt?

„Hallo? - Hallo? – Hal... Ja. - Ja, ich bin noch da. - Was ist sie? - Entlassen worden!?"

Vor Erleichterung werden ihr die Knie schwach. Sie muss sich anlehnen.

„Gestern schon? - Nein, nein, alles in Ordnung. Entschuldigung. Danke, vielen Dank."

Benommen reiht Lea sich wieder in den Strom der Reisenden ein, die dem Kofferband zustreben. Noch im Gehen ruft sie die Nummer ihres Mannes auf. Sein Bild erscheint, dazu die Meldung: Der Teilnehmer ist vorübergehend nicht erreichbar.

Lea schüttelt ungläubig den Kopf.

Lea klingelt an der Haustür, hört Schritte. Die Mutter öffnet.

„Du kannst mir selber aufmachen, das ist ja eine tolle Überraschung."

Die Mutter lächelt ihre Tochter an und öffnet ihre Arme. Lea lässt sich hineinfallen und genießt die mütterliche Wärme, so als wäre sie die Kranke. Endlich löst sie sich, zieht ihren Mantel aus und hängt ihn an die wohlbekannte Garderobe, neben eine ihr unbekannte Kaschmirjacke.

„Neu?" konstatiert Lea voller Anerkennung und streicht über den weichen Stoff.

„Nun ja, wenn vier Jahre neu ist", sagt die Mutter mit vorwurfsvollem Unterton.

„Jedenfalls schön", antwortet die Tochter und betritt das Wohnzimmer. Als sie dort einen liebevoll gedeckten Tisch vorfindet, nimmt die Irritation überhand.

„Was ist denn nun eigentlich mit deinem lebensbedrohlichen Herzinfarkt?" will sie wissen.

„Ach, halb so wild. Es war nur der hohe Blutdruck. Sie haben mich zur Beobachtung dabehalten. Du brauchst dich nicht aufzuregen."

Aber Lea regt sich auf. Wenn sie das gewußt hätte, wäre sie nicht geflogen.

„Eben", sagt die Mutter und blickt ihr ohne schlechtes Gewissen in die Augen. Lea hält das Kräftemessen nicht lange aus. Sie senkt den Kopf.

„Tut mir leid. Aber du weißt doch, wie es war. Zuerst der Aufbau des Instituts. Ich konnte unmöglich weg." Sie lächelt verständnisheischend.

„Und dann, als wir gerade dachten, alles läuft rund, da kamen die mit ihrem Bauxit-Abbau und wir mussten versuchen..."

„Fünf Jahre", sagt die Mutter leise, „bald sechs".

„Du hast ja keine Ahnung, was gerade bei mir los ist!" fährt Lea sie an.

„Bei Dir ist doch immer was los", sagt die Mutter, während Lea in den Flur geht und das Handy aus ihrer Manteltasche zieht. Es zeigt immer noch nur ein Foto ihres Mannes und die Meldung von seiner Unerreichbarkeit. Lea seufzt.

„Gibt es das Internet-Café in der Hauptstraße noch? Oder hast du inzwischen einen Computer?"

„Jetzt setz dich doch erst einmal und komm an!"

„Ich muss unbedingt Eddie erreichen."

„Schönen Gruß."

Die Stimme der Mutter klingt sarkastisch.

„Unbekannterweise", setzt sie hinzu.

„O nein, Mutti, jetzt nicht auch noch das. Was kann ich denn dafür, dass du dich weigerst zu fliegen. Wir haben dich eingeladen zur Hochzeit!"

Ein Moment feindseliger Stille.

„Ja und nein", sagt die Mutter dann resigniert.

„Was ja und nein?"

„Ja - das Internet-Café gibt es noch. Und nein – ich habe immer noch keinen Computer."

Lea umarmt die Mutter.

„Tut mir leid, Mutschi. Bitte sei mir nicht böse, aber ich muss das jetzt klären. Danach habe ich alle Zeit der Welt für Dich, versprochen."

Damit ist sie aus der Tür.

Die Mutter setzt sich an den für zwei gedeckten Tisch und nimmt die Teekanne hoch, um sich etwas einzugießen. Ihre Hand zittert. Sie setzt die Kanne wieder ab.

Lea erreicht ihren Ehemann auch im Internet-Café nicht. Dafür hat sie Zugang zur amerikanischen Presse. Fotos einer aufgebrachten Menge vor dem INSTITUTE FOR WILD LIFE AND RESEARCH springen sie an. Dazu in Riesenlettern:

„Skandal im Vogelparadies"

„Industrie statt Naturschutz"

„Renommierte Vogelforscherin verkauft ihre Schützlinge"

„Institutsleiterin auf Tauchstation"

Lea presst die Fäuste gegen ihre Schläfen, dann reibt sie sich die Augen. Die Schlagzeilen sind immer noch da. Bevor sie die Artikel liest, holt sie sich eine Flasche Wasser aus dem Kühlregal und leert sie in einem Zug.

Sie erfährt, dass die Daten, auf Grund derer die Probesprengungen im designierten Naturschutzgebiet genehmigt wurden, aus dem Institut selber stammen.

Niemand versteht die plötzliche Kehrtwendung der Institutsleiterin, die sich bislang als erbitterte Gegnerin des Bauxitabbaus profiliert hatte. Es wird über ihre taktisch gut getimte Europareise spekuliert.

Eddie Marx, der Geschäftsführer des Instituts, und nebenbei Ehemann der Geflüchteten, habe seine Frau verteidigt, liest sie. Seine Frau sei definitiv nicht aus taktischen, sondern aus privaten Gründen nach Europa gereist. Ihre Mutter sei schwer erkrankt. Allerdings sei er irritiert, dass er sie trotz aller Versuche derzeit nicht erreichen könne.

Lea findet ein Link zur öffentlichen Pressekonferenz und sieht ihren Mann, wie er Journalistenfragen beantwortet. Er gibt zu, dass er die Daten kennt. Allerdings sei er unangenehm überrascht gewesen von diesem Datenleak zur Unzeit. Seine Frau und er seien überein gekommen, die Daten unter Verschluss zu halten, bis das Naturschutzgebiet amtlich anerkannt gewesen wäre.

Nein, er kann sich nicht vorstellen, dass die Leiterin des Instituts Gelder von der Industrie kassiert und das Leak selber veranlasst habe. Für die Integrität seiner Frau lege er die Hand ins Feuer. Im Übrigen werde er alles nur Denkbare in die Wege leiten, um den Vorfall lupenrein aufzuklären.

Die Frage eines Journalisten, ob die Daten, die den Bauxitabbau ermöglichen, gefälscht sein können, überhört Eddie geflissentlich. Erst als der Journalist zum dritten Mal nachfragt, verweist er diese These ins Reich der Fantasie. Nach allem, was er als Geschäftsführer wisse, und er kenne die Unterlagen, sei das eine unhaltbare Unterstellung. Die nächste Frage bitte.

Ja, er habe sich bereit erklärt, während der Abwesenheit seiner Frau die kommissarische Leitung des Instituts zu übernehmen. In dieser kritischen Situation müsse es einen Ansprechpartner geben. Im Übrigen sei er der Ansicht, das Institut sei durch die Vorkommnisse mitnichten am Ende. Im Gegenteil. So wie jede Katastrophe ihre Chance in sich trage, sehe er auch hier eine gute Gelegenheit, nämlich die für neue Forschungsansätze. Es könne durchaus zukunftsweisend sein, die vorübergehende Vertreibung und spätere Repatriierung der Vögel wissenschaftlich zu untersuchen.

In der finalen persönlichen Auseinandersetzung mit Lea gibt Eddie kalt lächelnd zu, dass er selber die Daten modifiziert hat. Das Institut brauchte eine Finanzspritze und mit Lea sei nicht zu reden gewesen, also habe er gehandelt. Einer müsse sich der Realität stellen. Auch einer Romantikerin wie ihr solle im Übrigen bekannt sein, dass Vögel zwar ein ziemlich kleines Gehirn hätten, dafür aber fliegen könnten. Also werde es ihnen kein Problem bereiten, die Landschaft ein paar Täler weiter zu entdecken.

Lea fehlen die Worte.

Als sie dann doch zu einer Grundsatzdebatte anhebt, schneidet er ihr das Wort ab. Sie könne ihn gern verklagen, wenn das ihrer idealistischen Weltsicht gut tue. Und, fügt er maliziös hinzu, wenn sie das nötige Kleingeld für die Anwälte aufbringen könne.

Lea zieht ihren Ehering vom Finger und wirft ihn vor seine Füße.

Danksagung
An dieser Stelle ein herzliches Dankeschön an Inge Grugel,
Raphael Hamm, Angelika Jung, Wolf Menzel, Jutta Schultheiss
und Hansjörg Sieberer, die mich bei der Fertigstellung dieses
Buches seelisch und tatkräftig unterstützt haben.

Weitere Bücher von Dorothea Neukirchen

Leben Lieben Erben
Roman von Dorothea Neukirchen
ISBN: 9783756821440
Originalausgabe 2022 S.288
Broschur €14,99
E-Book € 2,99

Leben Lieben Erben im Jahr 1979.
Ein Familienroman.

Stimmen zum Buch

Der spannend entfaltete Romanplot zeigt eine Welt, in der sich Neukirchen bestens auskennt: das Film- und TV-Milieu Ende der 70er Jahre mit allen seinen zwischenmenschlich skurrilen, manchmal abgründigen Spezialitäten. *Südkurier*

Eine unterhaltsame Reise in die Vergangenheit, leicht und schön erzählt. *der-kultur-blog*

"Leben Lieben Erben" ist ein Buch, das nicht durch erschütternde Familientragödien punktet, sondern durch das breite Spektrum an Stoff zum Nachdenken, zum Reflektieren über das eigene Leben. Es ist, wie es scheint, der Auftakt für weitere Romane über Alix und ihr Leben, das ich gerne weiterverfolgen möchte.
Ilses Lesetipps

Mehr Info zu den Büchern: www.dorothea-neukirchen.de

Weitere Bücher von Dorothea Neukirchen

Eine Winteraffäre
Roman von Dorothea Neukirchen
ISBN 9783755715122
Erstausgabe 2014 S.322
Broschur €14,99
E-Book € 2,99

Eine Culture Clash Liebesgeschichte zwischen einem chinesischen Chi Gong Meister und Clare, einer Hamburger Werbetexterin.

Stimmen zum Buch
Wunderbar!!! Ein berührender Roman der die Wirklichkeit hinter der Wirklichkeit aufzeigt. TOLL!!! Ich freue mich auf das nächste Buch von Dorothea Neukirchen. *A.J. Galeristin*

Humorvoll, brutal ehrlich, unterhaltsam, tief und doch leicht, zeigt so viel vom Leben und seinen Facetten. EINE WINTERAFFÄRE für die gemütliche Couch. *U.K. Lehrerin*

Dieses Wechselbad der Situationen und Gefühlslagen ist so real, dass hautnah spürbar wird, wie nah Normalität und Absurdität beieinander liegen. Ein unheimliches Vergnügen für Menschen, die Subtilität lieben. *M.Z. Heilpraktikerin*

Wer nichts von Chinesen, Tai Chi und moderner Beziehung versteht, kann sich mit großem Vergnügen wundern, was zwischen den beiden Akteuren in dieser Winteraffäre geschieht. Und wer von Werbefirmen, Therapien und Selbsterfahrung eine Ahnung hat, wird großen Spaß an den ausgefeilten, intelligenten Dialogen und dem spannenden Hin und Her haben. Absolut empfehlenswert! *A.S. Yogalehrerin*

Mehr Info zu den Büchern: www.dorothea-neukirchen.de

Weitere Bücher von Dorothea Neukirchen

Sinkflug

Roman von Dorothea Neukirchen
unter Pseudonym Dorothea Fremder
Erstausgabe 2001 Zweitausgabe: 2016
Restexemplare auf Anfrage bei der
Autorin
E-Book € 3,99

Nach zwanzig Jahren glücklicher Ehe
das Aus. Da ist Sinkflug angesagt. Auf
dem Tiefpunkt entdeckt Carola neue
Kraft.

Stimmen zum Buch

Sinkflug ist einer dieser gut formulierten, intelligenten Romane,
von denen man sich wünscht, dass sie nie ein Ende finden, und
die man nur ungern aus der Hand legt, bevor man auf der letzten
Seite angekommen ist. *Magazin Ab Vierzig*

Ein gelungenes Beispiel der in Deutschland immer noch raren
Spezies intelligent erzählter unterhaltsamer Prosa. Ohne
Klischees und Knalleffekte, leise und zugleich humorvoll und mit
jenem Schuss Nachdenklichkeit und Melancholie, der dazu anregt,
sich im Erzählten zu spiegeln. *WDR Hörfunk*

Mein Mann – obwohl er selten Romane liest – konnte das Buch
nicht zur Seite legen. *C. B., Schauspielerin*

Die Schilderung der gruppenanalytischen Sitzungen und des
ganzen Prozesses ist beispielhaft. Der ganze Roman
hervorragend geschrieben, anrührend. Soviel Zärtlichkeit und
Liebe zu spüren, noch im Abschied. *Dr. C.S. Psychoanalytikerin*

Mehr Info zu den Büchern: www.dorothea-neukirchen.de

Weitere Bücher von Dorothea Neukirchen

Von Liebe und anderen Auswegen
Kurzgeschichten von
Dorothea Neukirchen
Erstausgabe 2020 S. 149
Broschur: € 9,99
E-Book € 1,99

Fünfzehn heiter melancholische Geschichten um große und kleine Gefühle.
Drei wurden mit literarischen Preisen ausgezeichnet.

Stimmen zum Buch
Beinahe jede dieser unterschiedlich langen Erzählungen ist anrührend, ohne je rührselig zu sein. *Artie Fischel*

Die Autorin führt in ihrem leichten fließenden Schreibstil die Leser in – vordergründig - alltäglich scheinende Erlebnisse, Beobachtungen und Begegnungen. Doch mit sensibler Beobachtungsgabe, feinsinnigem Humor und Menschenliebe lässt sie die Leser hinter die Fassaden schauen: liebevoll, nachdenklich, schmunzelnd. *Leseratte*

Die Menschen sind mit Empathie gezeichnet, das gibt ihnen Würde und Bedeutung.. Die Geschichten vermeiden Wertungen und lassen fühlen, was uns menschlich verbindet. *E.v.B.*

Die Geschichten nahmen mich mit in ganz verschiedene Welten. Ich wurde in diese Geschichten regelrecht hineingezogen, konnte mit dem Lesen nicht aufhören, war unter Spannung. Mein Gehirn produzierte vielfältige Bilder - so muss gute Literatur sein!
Werner Schelling

Mehr Info zu den Büchern: www.dorothea-neukirchen.de

Weitere Bücher von Dorothea Neukirchen

Vor der Kamera
Sachbuch von
Dorothea Neukirchen
Erstausgabe 2000
Dritte Auflage 2021 S. 421
Broschur: € 22,99

Alles was man über die Abläufe einer Filmproduktion wissen sollte.
Eine unterhaltsame Einführung ins Filmbusiness.

Stimmen zum Buch

Ein kompletter Laie, der dieses Buch in die Finger kriegt, weiß allein nach der Lektüre schon mehr über die Herstellung von Kino und Fernsehen als mancher Burgschauspieler.
Kölner Stadtanzeiger

Die konkreten Arbeitsvorschläge machen das Buch für weitere Fachleute aus der Filmbranche, sicher aber für Regisseurinnen und Regisseure lesens- und bedenkenswert. Ebenso wie für ein Kinopublikum, das wissen möchte, was gutes Schauspielhandwerk ist und wie das branchenübliche Vokabular lautet. *Neue Zürcher Zeitung*

Nicht nur das Handwerk wird auf pragmatische Weise vermittelt, auch die Realität und Härte des Berufes kommt in ironischer Weise zum Ausdruck. Ich wünschte, das Buch hätte es schon gegeben, als ich anfing. *Thekla Carola Wied*

Selbst ein Profi nach über vierzig Berufsjahren und 500 Filmen kann sich durch dieses Buch wieder neu motivieren und inspirieren lassen. Jeder, der mit Film und Fernsehen zu tun hat, sollte dieses Buch lesen. *Stefan Schwartz*

Mehr Info dazu unter: www.vor-der-kamera.de